受戒

人文经典文库

汪曾祺 著

人民文学出版社

图书在版编目(CIP)数据

受戒／汪曾祺著. -- 北京：人民文学出版社，2025. -- (人文经典文库). -- ISBN 978-7-02-019415-5

Ⅰ. I217.2

中国国家版本馆 CIP 数据核字第 2025ES6344 号

责任编辑　郭　娟
装帧设计　陶　雷
责任印制　张　娜

出版发行　人民文学出版社
社　　址　北京市朝内大街 166 号
邮政编码　100705

印　　刷　北京新华印刷有限公司
经　　销　全国新华书店等

字　　数　145 千字
开　　本　880 毫米×1230 毫米　1/64
印　　张　$4^{11}/_{16}$　插页 2
印　　数　1—5000
版　　次　2022 年 1 月北京第 1 版
印　　次　2025 年 7 月第 1 次印刷

书　　号　978-7-02-019415-5
定　　价　29.00 元

如有印装质量问题，请与本社图书销售中心调换。电话:010-65233595

目 录

小 说

受戒 …………………………………… 3
大淖记事 ………………………………… 31
陈小手 …………………………………… 60
鸡鸭名家 ………………………………… 64
异秉 ……………………………………… 96
职业 ……………………………………… 114
羊舍一夕 ………………………………… 120
七里茶坊 ………………………………… 162
郝有才趣事 ……………………………… 185
金冬心 …………………………………… 198

散 文

泡茶馆 …………………………………… 211
跑警报 …………………………………… 223
星斗其文　赤子其人 …………………… 234
多年父子成兄弟 ………………………… 248

葡萄月令	253
韭菜花	261
五味	264
城隍·土地·灶王爷	270
胡同文化	284
自得其乐	290

小 说

受　戒

明海出家已经四年了。

他是十三岁来的。

这个地方的地名有点怪,叫庵赵庄。赵,是因为庄上大都姓赵。叫做庄,可是人家住得很分散,这里两三家,那里两三家。一出门,远远可以看到,走起来得走一会,因为没有大路,都是弯弯曲曲的田埂。庵,是因为有一个庵。庵叫菩提庵,可是大家叫讹了,叫成荸荠庵。连庵里的和尚也这样叫。"宝刹何处?"——"荸荠庵。"庵本来是住尼姑的。"和尚庙"、"尼姑庵"嘛。可是荸荠庵住的是和尚。也许因为荸荠庵不大,大者为庙,小者为庵。

明海在家叫小明子。他是从小就确定要出家的。他的家乡不叫"出家",叫"当和尚"。他的家乡出和尚。就像有的地方出劁猪的,有的地方出织席子的,有的地方出箍桶的,有的地方出弹棉花的,有的地方出画匠,有的地方出婊子,他的家乡出和尚。人家弟兄多,就派一个出去当和尚。当和尚也要通过关系,也有帮。这地方的和尚有的走得很远。有到杭州灵隐寺的、上海静安寺的、镇江金山寺的、扬州天宁寺的。一般的就在本县的寺庙。明海家田少,老大、老二、老三,就足够种的了。他是老四。他七岁那年,他当和尚的舅舅回家,他爹、他娘就和舅舅商议,决定叫他当和尚。他当时在旁边,觉得这实在是在情在理,没有理由反对。当和尚有很多好处。一是可以吃现成饭。哪个庙里都是管饭的。二是可以攒钱。只要学会了放瑜伽焰口,拜梁皇忏,可以按例分到辛苦钱。积攒起来,将来还俗娶亲也可以;不想还俗,买几亩田也可以。当和尚也不容易,一要面如朗月,二要声如钟磬,三要聪明记性好。他舅舅给他相了相面,叫他前走几步,后走几步,又叫他喊了一声赶牛打场的号子:"格当嘚——",说是"明子准能当个好和尚,我包了!"要当和尚,得下点本,——念几年书。哪有不认字的和尚呢!于是明子就开蒙入学,读了《三字经》、《百家姓》、《四言杂字》、《幼学琼林》、《上论、下论》、《上孟、下孟》,每天还写一张仿。村里都夸他字写得好,很黑。

舅舅按照约定的日期又回了家,带了一件他自己穿的和尚领的短衫,叫明子娘改小一点,给明子穿上。

明子穿了这件和尚短衫,下身还是在家穿的紫花裤子,赤脚穿了一双新布鞋,跟他爹、他娘磕了一个头,就随舅舅走了。

他上学时起了个学名,叫明海。舅舅说,不用改了。于是"明海"就从学名变成了法名。

过了一个湖。好大一个湖!穿过一个县城。县城真热闹:官盐店,税务局,肉铺里挂着成边的猪,一个驴子在磨芝麻,满街都是小磨香油的香味,布店,卖茉莉粉、梳头油的什么斋,卖绒花的,卖丝线的,打把式卖膏药的,吹糖人的,耍蛇的,……他什么都想看看。舅舅一劲地推他:"快走!快走!"

到了一个河边,有一只船在等着他们。船上有一个五十来岁的瘦长瘦长的大伯,船头蹲着一个跟明子差不多大的女孩子,在剥一个莲蓬吃。明子和舅舅坐到舱里,船就开了。

明子听见有人跟他说话,是那个女孩子。

"是你要到荸荠庵当和尚吗?"

明子点点头。

"当和尚要烧戒疤呕!你不怕?"

明子不知道怎么回答,就含含糊糊地摇了摇头。

"你叫什么?"

"明海。"

"在家的时候?"

"叫明子。"

"明子!我叫小英子!我们是邻居。我家挨着荸荠庵。——给你!"

小英子把吃剩的半个莲蓬扔给明海,小明子就剥开莲蓬壳,一颗一颗吃起来。

大伯一桨一桨地划着,只听见船桨泼水的声音:

"哗——许!哗——许!"

…………

荸荠庵的地势很好,在一片高地上。这一带就数这片地高,当初建庵的人很会选地方。门前是一条河。门外是一片很大的打谷场。三面都是高大的柳树。山门里是一个穿堂。迎门供着弥勒佛。不知是哪一位名士撰写了一副对联:

　　大肚能容容天下难容之事
　　开颜一笑笑世间可笑之人

弥勒佛背后,是韦驮。过穿堂,是一个不小的天井,种着两棵白果树。天井两边各有三间厢房。走过天井,便是大殿,供着三世佛。佛像连龛才四尺来高。大殿东边是方丈,西边是库房。大殿东侧,有一个小小的六角门,白门绿字,刻着一副对联:

一花一世界
三藐三菩提

进门有一个狭长的天井,几块假山石,几盆花,有三间小房。

小和尚的日子清闲得很。一早起来,开山门,扫地。庵里的地铺的都是箩底方砖,好扫得很,给弥勒佛、韦驮烧一炷香,正殿的三世佛面前也烧一炷香、磕三个头,念三声"南无阿弥陀佛",敲三声磬。这庵里的和尚不兴做什么早课、晚课,明子这三声磬就全都代替了。然后,挑水,喂猪。然后,等当家和尚,即明子的舅舅起来,教他念经。

教念经也跟教书一样,师父面前一本经,徒弟面前一本经,师父唱一句,徒弟跟着唱一句。是唱哎。舅舅一边唱,一边还用手在桌上拍板。一板一眼,拍得很响,就跟教唱戏一样。是跟教唱戏一样,完全一样哎。连用的名词都一样。舅舅说,念经:一要板眼准,二要合工尺。说:当一个好和尚,得有条好嗓子。说:民国二十年闹大水,运河倒了堤,最后在清水潭合龙,因为大水淹死的人很多,放了一台大焰口,十三大师——十三个正座和尚,各大庙的方丈都来了,下面的和尚上百。谁当这个首座?推来推去,还是石桥——善因寺的方丈!他往上一坐,就跟地藏王菩萨一样,这就不用说了;那一声"开香赞",围看的上千人立时鸦雀无声。说:嗓子要练,夏练三伏,冬练三九,要练丹田气!说:要吃得苦中苦,方为人上人!说:和尚里也有状元、榜眼、探花!要用心,不要贪玩!舅舅这一番大法说得明海和尚实在是五体投地,于是就一板一眼地跟着舅舅唱起来:

"炉香乍爇——"

"炉香乍爇——"

"法界蒙薰——"

"法界蒙薰——"

"诸佛现金身……"

"诸佛现金身……"

…………

等明海学完了早经,——他晚上临睡前还要学一段,叫做晚经,——荸荠庵的师父们就都陆续起床了。

这庵里人口简单,一共六个人。连明海在内,五个和尚。

有一个老和尚,六十几了,是舅舅的师叔,法名普照,但是知道的人很少,因为很少人叫他法名,都称之为老和尚或老师父,明海叫他师爷爷。这是个很枯寂的人,一天关在房里,就是那"一花一世界"里。也看不见他念佛,只是那么一声不响地坐着。他是吃斋的,过年时除外。

下面就是师兄弟三个,仁字排行:仁山、仁海、仁渡。庵里庵外,有的称他们为大师父、二师父;有的称之为山师父、海师父。只有仁渡,没有叫他"渡师父"的,因为听起来不像话,大都直呼之为仁渡。他也只配如此,因为他还年轻,才二十多岁。

仁山,即明子的舅舅,是当家的。不叫"方丈",也不叫"住持",却叫"当家的",是很有道理的,因为他确确实实干的是当家的职务。他屋里摆的是一张账桌,桌子上放的是账簿和算盘。账簿共有三本。一本是经账,一本是租账,一本是债账。和尚要做法事,做法事要收钱,——要不,当和尚干什么?常做的法事是放焰口。正规的焰口是十个人。一个正座,一个敲鼓的,两边一边四个。人少了,八个,一边三个,也凑合了。荤荸荠庵只有四个和尚,要放整焰口就得和别的庙里合伙。这样的时候也有过。通常只是放半台焰口。一个正座,一个敲鼓,另外一边一个。一来找别的庙里合伙费事;二来这一带放得起整焰口的人家也不多。有的时候,谁家死了人,就只请两个,甚至一个和尚咕噜咕噜念一通经,敲打几声法器就算完事。很多人家的经钱不是当时就给,往往要等秋后才还。这就得记账。另外,和尚放焰口的辛苦钱不是一样的。就像唱戏一样,有份子。正座第一份。因为他要领唱,而且还要独唱。当中有一大段"叹骷髅",别的和尚都放下法器休息,只有首座一个人有板有眼地曼声吟唱。第二份是敲鼓的。你以为这容易呀?哼,单是一开头的"发擂",手上没功夫就敲不出迟疾顿挫!其余的,就一样了。这也得记上:某月某日、谁家焰口半台,谁正座,谁敲鼓……省得到年底结账时赌咒骂娘。……这庵里有几十亩庙产,租给人种,到时候要收租。庵里还放债。租、债一向倒很少亏欠,因为租佃借钱的人怕菩萨不高兴。这三本账就够仁山忙的了。另外香烛灯火、油盐"福食",这也得随时记记账呀。除了账簿之外,山师父的方丈的墙上还挂着一块水牌,上漆四个红字:"勤笔免思"。

仁山所说当一个好和尚的三个条件,他自己其实一条也不具备。他的相貌只要用两个字就说清楚了:黄、胖。声音也不像钟磬,倒像母猪。聪明么?难说,打牌老输。他在庵里从不穿袈裟,连海青直裰也免了。经常是披着件短僧衣,袒露着一个黄色的肚子。下面是光脚趿拉着一双僧鞋,——新鞋他也是趿拉着。他一天就是这样不衫不履地这里走走,那里走走,发出母猪一样的声音:"呣——呣——"。

二师父仁海。他是有老婆的。他老婆每年夏秋之间来住几个月,因为庵里凉快。庵里有六个人,其中之一,就是这位和尚的家眷。仁山、仁渡叫她嫂子,明海叫她师娘。这两口子都很爱干净,整天的洗涮。傍晚的时候,坐在天井里乘凉。白天,闷在屋里不出来。

三师父是个很聪明精干的人。有时一笔账大师兄扒了半天算盘也算不清,他眼珠子转两转,早算得一清二楚。他打牌赢的时候多,二三十张牌落地,上下家手里有些什么牌,他就差不多都知道了。他打牌时,总有人爱在他后面看歪头胡。谁家约他打牌,就说"想送两个钱给你。"他不但经忏俱通(小庙的和尚能够拜忏的不多),而且身怀绝技,会"飞铙"。七月间有些地方做盂兰会,在旷地上放大焰口,几十个和尚,穿绣花袈袈,飞铙。飞铙就是把十多斤重的大铙钹飞起来。到了一定的时候,全部法器皆停,只几十副大铙紧张急促地敲起来。忽然起手,大铙向半空中飞去,一面飞,一面旋转。然后,又落下来,接住。接住不是平平常常地接住,有各种架势,"犀牛望月"、"苏秦背剑"……这哪是念经,这是耍杂技。也许是地藏王菩萨爱看这个,但真正因此快乐起来的是人,尤其是妇女和孩子。这是年轻漂亮的和尚出风头的机会。一场大焰口过后,也像一个好戏班子过后一样,会有一个两个大姑娘、小媳妇失踪,——跟和尚跑了。他还会放"花焰口"。有的人家,亲戚中多风流子弟,在不是很哀伤的佛事——如做冥寿时,就会提出放花焰口。所谓"花焰口"就是在正焰口之后,叫和尚唱小调,拉丝弦,吹管笛,敲鼓板,而且可以点唱。仁渡一个人可以唱一夜不重头。仁渡前几年一直在外面,近二年才常住在庵里。据说他有相好的,而且不止一个。他平常可是很规矩,看到姑娘媳妇总是老老实实的,连一句玩笑话都不说,一句小调山歌都不唱。有一回,在打谷场上乘凉的时候,一伙人把他围起来,非叫他唱两个不可。他却情不过,说:"好,唱一个。不唱家乡的。家乡的你们都熟。唱个安徽的。"

> 姐和小郎打大麦,
> 一转子讲得听不得。
> 听不得就听不得,
> 打完了大麦打小麦。

唱完了,大家还嫌不够,他就又唱了一个:

> 姐儿生得漂漂的,
> 两个奶子翘翘的。
> 有心上去摸一把,
> 心里有点跳跳的。

....

这个庵里无所谓清规,连这两个字也没人提起。

仁山吃水烟,连出门做法事也带着他的水烟袋。

他们经常打牌。这是个打牌的好地方。把大殿上吃饭的方桌往门口一搭,斜放着,就是牌桌。桌子一放好,仁山就从他的方丈里把筹码拿出来,哗啦一声倒在桌上。斗纸牌的时候多,搓麻将的时候少。牌客除了师兄弟三人,常来的是一个收鸭毛的,一个打兔子兼偷鸡的,都是正经人。收鸭毛的担一副竹筐,串乡串镇,拉长了沙哑的声音喊叫:

"鸭毛卖钱——！"

偷鸡的有一件家什——铜蜻蜓。看准了一只老母鸡，把铜蜻蜓一丢，鸡婆子上去就是一口。这一啄，铜蜻蜓的硬簧绷开，鸡嘴撑住了，叫不出来了。正在这鸡十分纳闷的时候，上去一把薅住。

明子曾经跟这位正经人要过铜蜻蜓看看。他拿到小英子家门前试了一试，果然！小英子的娘知道了，骂明子：

"要死了！儿子！你怎么到我家来玩铜蜻蜓了！"

小英子跑过来：

"给我！给我！"

她也试了试，真灵，一个黑母鸡一下子就把嘴撑住，傻了眼了！

下雨阴天，这二位就光临荸荠庵，消磨一天。

有时没有外客，就把老师叔也拉出来，打牌的结局，大都是当家和尚气得鼓鼓的："×妈妈的！又输了！下回不来了！"

他们吃肉不瞒人。年下也杀猪。杀猪就在大殿上。一切都和在家人一样，开水、木桶、尖刀。捆猪的时候，猪也是没命地叫。跟在家人不同的，是多一道仪式，要给即将升天的猪念一道"往生咒"，并且总是老

师叔念,神情很庄重:

"……一切胎生、卵生、息生,来从虚空来,还归虚空去。往生再世,皆当欢喜。南无阿弥陀佛!"

三师父仁渡一刀子下去,鲜红的猪血就带着很多沫子喷出来。

…………

明子老往小英子家里跑。

小英子的家像一个小岛,三面都是河,西面有一条小路通到荸荠庵。独门独户,岛上只有这一家。岛上有六棵大桑树,夏天都结大桑椹,三棵结白的,三棵结紫的;一个菜园子,瓜豆蔬菜,四时不缺。院墙下半截是砖砌的,上半截是泥夯的。大门是桐油油过的,贴着一副万年红的春联:

> 向阳门第春常在
> 积善人家庆有余

门里是一个很宽的院子。院子里一边是牛屋、碓棚;一边是猪圈、鸡窠,还有个关鸭子的栅栏。露天地放着一具石磨。正北面是住房,也是砖基土筑,上面盖的一半是瓦,一半是草。房子翻修了才三年,木料还露着白茬。正中是堂屋,家神菩萨的画像上贴的金还没有发黑。两边是卧房。隔扇窗上各嵌了一块一尺见方的玻璃,明亮亮的;——这在乡下是不多见的。房檐下一边种着一棵石榴树,一边种着一棵栀子花,都齐房檐高了。夏天开了花,一红一白,好看得很。栀子花香得冲鼻子。顺风的时候,在荸荠庵都闻得见。

这家人口不多。他家当然是姓赵。一共四口人:赵大伯、赵大妈,两个女儿,大英子、小英子。老两口没有儿子。因为这些年人不得病,牛不生灾,也没有大旱大水闹蝗虫,日子过得很兴旺。他们家自己有田,本来够吃的了,又租种了庵上的十亩田。自己的田里,一亩种了荸荠,——这一半是小英子的主意,她爱吃荸荠,一亩种了茨菰。家里喂了一大群鸡鸭,单是鸡蛋鸭毛就够一年的油盐了。赵大伯是个能干人。他是一个"全把式",不但田里场上样样精通,还会罩鱼、洗磨、凿砻、修水车、修船、砌墙、烧砖、箍桶、劈篾、绞麻绳。他不咳嗽,不腰疼,结结实实,像一棵榆树。人很和气,一天不声不响。赵大伯是一棵摇钱树,赵大娘就是个聚宝盆。大娘精神得出奇。五十岁了,两个眼睛还是清亮亮的。不论什么时候,头都是梳得滑滴滴的,身上衣服都是格挣挣的。像老头子一样,她一天不闲着。

煮猪食,喂猪,腌咸菜,——她腌的咸萝卜干非常好吃,舂粉子,磨小豆腐,编蓑衣,织芦箔。她还会剪花样子。这里嫁闺女,陪嫁妆,磁坛子、锡罐子,都要用梅红纸剪出吉祥花样,贴在上面,讨个吉利,也才好看:"丹凤朝阳"呀、"白头到老"呀、"子孙万代"呀、"福寿绵长"呀。二三十里的人家都来请她:"大娘,好日子是十六,你哪天去呀?"——"十五,我一大清早就来!"

"一定呀!"——"一定!一定!"

两个女儿,长得跟她娘像一个模子里托出来的。眼睛长得尤其像,白眼珠鸭蛋青,黑眼珠棋子黑,定神时如清水,闪动时像星星。浑身上下,头是头,脚是脚。头发滑滴滴的,衣服格挣挣的。——这里的风俗,十五六岁的姑娘就都梳上头了。这两个丫头,这一头的好头发!通红的发根,雪白的簪子!娘女三个去赶集,一集的人都朝她们望。

姐妹俩长得很像,性格不同。大姑娘很文静,话很少,像父亲。小英子比她娘还会说,一天咭咭呱呱地不停。大姐说:

"你一天到晚咭咭呱呱——"

"像个喜鹊!"

"你自己说的!——吵得人心乱!"

"心乱?"

"心乱!"

"你心乱怪我呀!"

二姑娘话里有话。大英子已经有了人家。小人她偷偷地看过,人很敦厚,也不难看,家道也殷实,她满意。已经下过小定,日子还没有定下来。她这二年,很少出房门,整天赶她的嫁妆。大裁大剪,她都会。挑花绣花,不如娘。她可又嫌娘出的样子太老了。她到城里看过新娘子,说人家现在绣的都是活花活草。这可把娘难住了。最后是喜鹊忽然一拍屁股:"我给你保举一个人!"

这人是谁?是明子。明子念"上孟下孟"的时候,不知怎么得了半套《芥子园》,他喜欢得很。到了荸荠庵,他还常翻出来看,有时还把旧账簿子翻过来,照着描。小英子说:

"他会画!画得跟活的一样!"

小英子把明海请到家里来,给他磨墨铺纸,小和尚画了几张,大英子喜欢得了不得:

"就是这样! 就是这样! 这就可以乱孱!"——所谓"乱孱"是绣花的一种针法:绣了第一层,第二层的针脚插进第一层的针缝,这样颜色就可由深到淡,不露

痕迹,不像娘那一代绣的花是平针,深浅之间,界限分明,一道一道的。小英子就像个书僮,又像个参谋:

"画一朵石榴花!"

"画一朵栀子花!"

她把花掐来,明海就照着画。

到后来,凤仙花、石竹子、水蓼、淡竹叶、天竺果子、腊梅花,他都能画。

大娘看着也喜欢,搂住明海的和尚头:

"你真聪明!你给我当一个干儿子吧!"

小英子捺住他的肩膀,说:

"快叫!快叫!"

小明子跪在地下磕了一个头,从此就叫小英子的娘做干娘。

大英子绣的三双鞋,三十里方圆都传遍了。很多姑娘都走路坐船来看。看完了,就说:"啧啧啧,真好看!这哪是绣的,这是一朵鲜花!"她们就拿了纸来央大娘求了小和尚来画。有求画帐檐的,有求画门帘飘带的,有求画鞋头花的。每回明子来画花,小英子就给他做点好吃的,煮两个鸡蛋,蒸一碗芋头,煎几个藕团子。

因为照顾姐姐赶嫁妆,田里的零碎生活小英子就全包了。她的帮手,是明子。

这地方的忙活是栽秧、车高田水、薅头遍草,再就是割稻子、打场了。这几茬重活,自己一家是忙不过来的。这地方兴换工。排好了日期,几家顾一家,轮流转。不收工钱,但是吃好的。一天吃六顿,两头见肉,顿顿有酒。干活时,敲着锣鼓,唱着歌,热闹得很。其余的时候,各顾各,不显得紧张。

薅三遍草的时候,秧已经很高了,低下头看不见人。一听见非常脆亮的嗓子在一片浓绿里唱:

栀子哎开花哎六瓣头哎……
姐家哎门前哎一道桥哎……

明海就知道小英子在哪里,三步两步就赶到,赶到就低头薅起草来。傍晚牵牛"打汪",是明子的事。——水牛怕蚊子。这里的习惯,牛卸了轭,饮了水,就牵到一口和好泥水的"汪"里,由它自己打滚扑腾,弄得全身都是泥浆,这样蚊子就咬不透了。低田上水,只要一挂十四轧的水车,两个人车半天就够了。明子和小英子就伏在车杠上,不紧不慢地踩着车轴上的拐子,轻轻地唱着明海向三师父学来的各处山歌。打场的时候,明子能替赵大伯一会,让他回家吃饭。——

赵家自己没有场,每年都在荸荠庵外面的场上打谷子。他一扬鞭子,喊起了打场号子:

"格当嘚——"

这打场号子有音无字,可是九转十三弯,比什么山歌号子都好听。赵大娘在家,听见明子的号子,就侧起耳朵:

"这孩子这条嗓子!"

连大英子也停下针线:

"真好听!"

小英子非常骄傲地说:

"一十三省数第一!"

晚上,他们一起看场。——荸荠庵收来的租稻也晒在场上。他们并肩坐在一个石磙子上,听青蛙打鼓,听寒蛇唱歌,——这个地方以为蝼蛄叫是蚯蚓叫,而且叫蚯蚓叫"寒蛇",听纺纱婆子不停地纺纱,"呦——",看萤火虫飞来飞去,看天上的流星。

"呀!我忘了在裤带上打一个结!"小英子说。

这里的人相信,在流星掉下来的时候在裤带上打一个结,心里想什么好事,就能如愿。

…………

“揑”荸荠，这是小英子最爱干的生活。秋天过去了，地净场光，荸荠的叶子枯了，——荸荠的笔直的小葱一样的圆叶子里是一格一格的，用手一捋，哔哔地响，小英子最爱捋着玩，——荸荠藏在烂泥里。赤了脚，在凉浸浸滑溜溜的泥里踩着，——哎，一个硬疙瘩！伸手下去，一个红紫红紫的荸荠。她自己爱干这生活，还拉了明子一起去。她老是故意用自己的光脚去踩明子的脚。

她挎着一篮子荸荠回去了，在柔软的田埂上留了一串脚印。明海看着她的脚印，傻了。五个小小的趾头，脚掌平平的，脚跟细细的，脚弓部分缺了一块。明海身上有一种从来没有过的感觉，他觉得心里痒痒的。这一串美丽的脚印把小和尚的心搞乱了。

…………

明子常搭赵家的船进城，给庵里买香烛，买油盐。闲时是赵大伯划船；忙时是小英子去，划船的是明子。

从庵赵庄到县城，当中要经过一片很大的芦花荡子。芦苇长得密密的，当中一条水路，四边不见人。划到这里，明子总是无端端地觉得心里很紧张，他就使劲地划桨。

小英子喊起来:

"明子!明子!你怎么啦?你发疯啦?为什么划得这么快?"

....

明海到善因寺去受戒。

"你真的要去烧戒疤呀?"

"真的。"

"好好的头皮上烧八个洞,那不疼死啦?"

"咬咬牙。舅舅说这是当和尚的一大关,总要过的。"

"不受戒不行吗?"

"不受戒的是野和尚。"

"受了戒有啥好处?"

"受了戒就可以到处云游,逢寺挂褡。"

"什么叫'挂褡'?"

"就是在庙里住。有斋就吃。"

"不把钱?"

"不把钱。有法事,还得先尽外来的师父。"

"怪不得都说'远来的和尚会念经'。就凭头上这几个戒疤?"

"还要有一份戒牒。"

"闹半天,受戒就是领一张和尚的合格文凭呀!"

"就是!"

"我划船送你去。"

"好。"

小英子早早就把船划到荸荠庵门前。不知是什么道理,她兴奋得很。她充满了好奇心,想去看看善因寺这座大庙,看看受戒是个啥样子。

善因寺是全县第一大庙,在东门外,面临一条水很深的护城河,三面都是大树,寺在树林子里,远处只能隐隐约约看到一点金碧辉煌的屋顶,不知道有多大。树上到处挂着"谨防恶犬"的牌子。这寺里的狗出名的厉害。平常不大有人进去。放戒期间,任人游看,恶狗都锁起来了。

好大一座庙!庙门的门坎比小英子的肬膝都高。迎门矗着两块大牌,一边一块,一块写着斗大两个大字:"放戒",一块是:"禁止喧哗"。这庙里果然是气象庄严,到了这里谁也不敢大声咳嗽。明海自去报名办事,小英子到处看看。好家伙,这哼哈二将、四大天王,有三丈多高,都是簇新的,才装修了不久。天井有二亩地大,铺着青石,种着苍松翠柏。"大雄宝殿",这才真是个"大殿"!一进去,凉嗖嗖的。到处都是金光耀眼。释迦牟尼佛坐在一个莲花座上。单是莲座,就比小英子还高。抬起头来也看不全他的脸,只看到一个微微闭着的嘴唇和胖敦敦的下巴。两边的两根大红蜡烛,一搂多粗。佛像前的大供桌上供着鲜花、绒花、绢花,还有珊瑚树、玉如意、整棵的大象牙。香炉里烧着檀香。小英子出了庙,闻着自己的衣服都是香的。挂了好些幡。这些幡不知是什么缎子的,那么厚重,绣的花真细。这么大一口磬,里头能装五担水!这么大一个木鱼,有一头牛大,漆得通红的。她又去转了转罗汉堂,爬到千佛楼上看了看。真有一千个小佛!她还跟着一些人去看了看藏经楼。藏经楼没有什么看头,都是经书!妈呃!逛了这么一圈,腿都酸了。小英子想起还要给家里打油,替姐姐配丝线,给娘买鞋面布,给自己买两个坠围裙飘带的银蝴蝶,给爹买旱烟,就出庙了。

等把事情办齐,晌午了。她又到庙里看了看,和尚正在吃粥。好大一个"膳堂",坐得下八百个和尚。吃粥也有这样多讲究:正面法座上摆着两个锡胆瓶,里面插着红绒花,后面盘膝坐着一个穿了大红满金绣袈裟的和尚,手里拿了戒尺。这戒尺是要打人的。哪个和尚吃粥吃出了声音,他下来就是一戒尺。不过他并不真的打人,只是做个样子。真稀奇,那么多的和尚吃粥,竟然不出一点声音!她看见明子也坐在里面,想跟他打个招呼又不好打。想了想,管他禁止不禁止喧哗,就大声喊了一句:"我走啦!"她看见明子目不斜视地微微点了点头,就不管很多人都朝自己看,大摇大摆地走了。

第四天一大清早小英子就去看明子。她知道明子受戒是第三天半夜,——烧戒疤是不许人看的。她知道要请老剃头师傅剃头,要剃得横摸顺摸都摸不出头发茬子,要不然一烧,就会"走"了戒,烧成了一片。她知道是用枣泥子先点在头皮上,然后用香头子点着。她知道烧了戒疤就喝一碗蘑菇汤,让它"发",还不能躺下,要不停地走动,叫做"散戒"。这些都是明子告诉她的。明子是听舅舅说的。

她一看,和尚真在那里"散戒",在城墙根底下的荒地里。一个一个,穿了新海青,光光的头皮上都有八个黑点子。——这黑疤掉了,才会露出白白的、圆圆的"戒疤"。和尚都笑嘻嘻的,好像很高兴。她一眼就看见了明子。隔着一条护城河,就喊他:

"明子!"

"小英子!"

"你受了戒啦?"

"受了。"

"疼吗?"

"疼。"

"现在还疼吗?"

"现在疼过去了。"

"你哪天回去?"

"后天。"

"上午?下午?"

"下午。"

"我来接你!"

"好!"

…………

小英子把明海接上船。

小英子这天穿了一件细白夏布上衣,下边是黑洋纱的裤子,赤脚穿了一双龙须草的细草鞋,头上一边插着一朵栀子花,一边插着一朵石榴花。她看见明子穿了新海青,里面露出短褂子的白领子,就说:"把你那外面的一件脱了,你不热呀!"

他们一人一把桨。小英子在中舱,明子扳艄,在船尾。

她一路问了明子很多话,好像一年没有看见了。

她问,烧戒疤的时候,有人哭吗?喊吗?

明子说,没有人哭。有个山东和尚骂人:

"俺日你奶奶!俺不烧了!"

她问善因寺的方丈石桥是相貌和声音都很出众吗?

"是的。"

"说他的方丈比小姐的绣房还讲究?"

"讲究。什么东西都是绣花的。"

"他屋里很香?"

"很香。他烧的是伽楠香,贵得很。"

"听说他会作诗。会画画,会写字?"

"会。庙里走廊两头的砖额上,都刻着他写的大字。"

"他是有个小老婆吗?"

"有一个。"

"才十九岁?"

"听说。"

"好看吗?"

"都说好看。"

"你没看见?"

"我怎么会看见? 我关在庙里。"

明子告诉她,善因寺一个老和尚告诉他,寺里有意选他当沙弥尾,不过还没有定,要等主事的和尚商议。

"什么叫'沙弥尾'?"

"放一堂戒,要选出一个沙弥头,一个沙弥尾。沙弥头要老成,要会念很多经。沙弥尾要年轻,聪明,相貌好。"

"当了沙弥尾跟别的和尚有什么不同?"

"沙弥头,沙弥尾,将来都能当方丈。现在的方丈退居了,就当。石桥原来就是沙弥尾。"

"你当沙弥尾吗?"

"还不一定哪。"

"你当方丈,管善因寺? 管这么大一个庙?!"

"还早呐!"

划了一气,小英子说:"你不要当方丈!"

"好,不当。"

"你也不要当沙弥尾!"

"好,不当。"

又划了一气,看见那一片芦花荡子了。

小英子忽然把桨放下,走到船尾,趴在明子的耳朵旁边,小声地说:

"我给你当老婆,你要不要?"

明子眼睛鼓得大大的。

"你说话呀!"

明子说:"嗯。"

"什么叫'嗯'呀! 要不要,要不要?"

明子大声地说:"要!"

"你喊什么!"

明子小小声说:"要——!"

"快点划!"

英子跳到中舱,两只桨飞快地划起来,划进了芦花荡。

芦花才吐新穗。紫灰色的芦穗,发着银光,软软的,滑溜溜的,像一串丝线。有的地方结了蒲棒,通红的,像一枝一枝小蜡烛。青浮萍,紫浮萍。长脚蚊子,水蜘蛛。野菱角开着四瓣的小白花。惊起一只青桩(一种水鸟),擦着芦穗,扑鲁鲁飞远了。

…………

一九八〇年八月十二日,写四十三年前的一个梦

大淖记事

一

这地方的地名很奇怪,叫做大淖。全县没有几个人认得这个淖字。县境之内,也再没有别的叫做什么淖的地方。据说这是蒙古话。那么这地名大概是元朝留下的。元朝以前这地方有没有,叫做什么,就无从查考了。

淖,是一片大水。说是湖泊,似还不够,比一个池塘可要大得多,春夏水盛时,是颇为浩淼的。这是两条水道的河源。淖中央有一条狭长的沙洲。沙洲上长满茅草和芦荻。春初水暖,沙洲上冒出很多紫红色的芦芽和灰绿色的蒌蒿①,很快就是一片翠绿了。夏天,茅

---

① 蒌蒿是生于水边的野草,粗如笔管,有节,生狭长的小叶,初生二寸来高,叫做"蒌蒿薹子",加肉炒食极清香。苏东坡诗:"竹外桃花三两枝,春江水暖鸭先知。蒌蒿满地芦芽短,正是河豚欲上时。"蒌蒿见之于诗,这大概是第一次。他很能写出节令风物之美。

草、芦荻都吐出雪白的丝穗,在微风中不住地点头。秋天,全都枯黄了,就被人割去,加到自己的屋顶上去了。冬天,下雪,这里总比别处先白。化雪的时候,也比别处化得慢。河水解冻了,发绿了,沙洲上的残雪还亮晶晶地堆积着。这条沙洲是两条河水的分界处。从漳里坐船沿沙洲西面北行,可以看到高阜上的几家炕房。绿柳丛中,露出雪白的粉墙,黑漆大书四个字:"鸡鸭炕房",非常显眼。炕房门外,照例都有一块小小土坪,有几个人坐在树桩上负曝闲谈。不时有人从门里挑出一副很大的扁圆的竹笼,笼口络着绳网,里面是松花黄色的,毛茸茸,挨挨挤挤,啾啾乱叫的小鸡小鸭。由沙洲往东,要经过一座浆坊。浆是浆衣服用的。这里的人,衣服被里洗过后,都要浆一浆。浆过的衣服,穿在身上沙沙作响。浆是芡实水磨,加一点明矾,澄去水分,晒干而成。这东西是不值什么钱的。一大盆衣被,只要到杂货店花两三个铜板,买一小块,用热水冲开,就足够用了。但是全县浆粉都由这家供应(这东西是家家用得着的),所以规模也不算小。浆坊有四五个师傅忙碌着。喂着两头毛驴,轮流上磨。浆坊门外,有一片平场,太阳好的时候,每天晒着浆块,白得叫人眼睛都睁不开。炕房、浆坊附近还有几家买卖荸荠、茨菇、菱角、鲜藕的鲜货行,集散鱼蟹的鱼行和收购青草的草行。过了炕房和浆坊,就都是田畴麦垅,牛棚水车,人家的墙上贴着黑黄色的牛屎粑粑,——牛粪和水,拍成饼状,直径半尺,整齐地贴在墙上晾干,作燃料,已经完全是农村的景色了。由大淖北去,可至北乡各村。东去可至一沟、二沟、三垛、樊川、界首,直达邻县兴化。

大淖的南岸,有一座漆成绿色的木板房,房顶、地面,都是木板的。这原是一个轮船公司。靠外手是候船的休息室。往里去,临水,就是码头。原来曾有一只小轮船,往来本城和兴化,隔日一班,单日开走,双日返回。小轮船漆得花花绿绿的,飘着万国旗,机器突突地响,烟筒冒着黑烟,装货、卸货,上客、下客,也有卖牛肉、高粱酒、花生瓜子、芝麻灌香糖的小贩,吆吆喝喝,是热闹过一阵的。后来因为公司赔了本,股东无意继续经营,就卖船停业了。这间木板房子倒没有拆去。现在里面空荡荡、冷清清,只有附近的野孩子到候船室来唱戏玩,棍棍棒棒,乱打一气;或到码头上比赛撒尿。七八个小家伙,齐齐地站成一排,把一泡泡骚尿哗哗地撒到水里,看谁尿得最远。

大淖指的是这片水,也指水边的陆地。这里是城区和乡下的交界处。从轮船公司往南,穿过一条深巷,就是北门外东大街了。坐在大淖的水边,可以听到远远地一阵一阵朦朦胧胧的市声,但是这里的一切和街里不一样。这里没有一家店铺。这里的颜色、声音、气味和街里不一样。这里的人也不一样。他们的生活,他们的风俗,他们的是非标准、伦理道德观念和街里的穿长衣念过"子曰"的人完全不同。

二

由轮船公司往东往西,各距一箭之遥,有两丛住户人家。这两丛人家,也是互不相同的,各是各乡风。

西边是几排错错落落的低矮的瓦屋。这里住的是做小生意的。他们大都不是本地人,是从里下河一带,兴化、泰州、东台等处来的客户。卖紫萝卜的(紫萝卜是比荸荠略大的扁圆形的萝卜,外皮染成深蓝紫色,极甜脆),卖风菱的(风菱是很大的两角的菱角,壳极硬),卖山里红的,卖熟藕(藕孔里塞了糯米煮熟)的。还有一个从宝应来的卖眼镜的,一个从杭州来的卖天竺筷的。他们像一些候鸟,来去都有定时。来时,向相熟的人家租一间半间屋子,住上一阵,有的住得长一些,有的短一些,到生意做完,就走了。他们都是日出而作,日入而息。吃罢早饭,各自背着、扛着、挎着、举着自己的货色,用不同的乡音,不同的腔调,吟唱、吆唤着上街了。到太阳落山,又都像鸟似的回到自己的窝里。于是从这些低矮的屋檐下就都飘出带点甜味而又呛人的炊烟(所烧的柴草都是半干不湿的)。他们做的都是小本生意,赚钱不大。因为是在客边,对人很和气,凡事忍让,所以这一带平常总是安安静静的,很少有吵嘴打架的事情发生。

这里还住着二十来个锡匠,都是兴化帮。这地方兴用锡器,家家都有几件锡制的家伙。香炉、蜡台、痰盂、茶叶罐、水壶、茶壶、酒壶,甚至尿壶,都是锡的。嫁闺女时都要赔送一套锡器。最少也要有两个能容四五升米的大锡罐,摆在柜顶上,否则就不成其为嫁妆。出阁的闺女生了孩子,娘家要送两大罐糯米粥(另外还要有两只老母鸡,一百鸡蛋),装粥用的就是娘柜顶上的这两个锡罐。因此,二十来个锡匠并不显多。

锡匠的手艺不算费事,所用的家什也较简单。一副锡匠担子,一头是风箱,绳系016夹着几块锡板;一头是炭炉和两块二尺见方,一面褙着好几层表芯纸的方砖。锡器是打出来的,不是铸出来的。人家叫锡匠来打锡器,一般都是自己备料,——把几件残旧的锡器回炉重打。锡匠在人家门道里或是街边空地上,支起担子,拉动风箱,在锅里把旧锡化成锡水,——锡的熔点很低,不大一会就化了;然后把两块方砖对合着(裱纸的一面朝里),在两砖之间压一条绳子,绳子按照要打的锡器圈成近似的形状,绳头留在砖外,把锡水由绳口倾倒过去,两砖一压,就成了锡片;然后,用一个大剪子剪剪,用一个木棰在铁砧上敲敲打打,大约一两顿饭工夫就成型了。锡是软的,打锡器不像打铜器那样费劲,也不那样吵人。粗使的锡器,就这样就能交活。若是细巧的,就还要用刮刀刮一遍,用砂纸打一打,用竹节草(这种草中药店有卖的)磨得锃亮。

这一帮锡匠很讲义气。他们扶持疾病,互通有无,从不抢生意。若是合伙做活,工钱也分得很公道。这帮锡匠有一个头领,是个老锡匠,他说话没有人不听。老锡匠人很耿直,对其余的锡匠(不是他的晚辈就是他的徒弟)管教得很紧。他不许他们赌钱喝酒;嘱咐他们出外做活,要童叟无欺,手脚要干净;不许和妇道嬉皮笑脸。他教他们不要怕事,也绝不要惹事。除了上市应活,平常不让到处闲游乱窜。

老锡匠会打拳,别的锡匠也跟着练武。他屋里有好些白蜡杆,三节棍,没事便搬到外面场地上打对儿。老锡匠说:这是消遣,也可以防身,出门在外,会几手拳脚不吃亏。除此之外,锡匠们的娱乐便是唱唱戏。他们唱的这种戏叫做"小开口",是一种地方小戏,唱腔本是萨满教的香火(巫师)请神唱的调子,所以又叫"香火戏"。这些锡匠并不信萨满教,但大都会唱香火戏。戏的曲调虽简单,内容却是成本大套,李三娘挑水推磨,生下咬脐郎;白娘子水漫金山;刘金定招亲;方卿唱道情……可以坐唱,也可以化了装彩唱。遇到阴天下雨,不能出街,他们能吹打弹唱一整天。附近的姑娘媳妇都挤过来看,——听。

老锡匠有个徒弟,也是他的侄儿,在家大排行第十一,小名就叫做十一子,外人都只叫他小锡匠。这十一子是老锡匠的一件心事。因为他太聪明,长得又太好看了。他长得挺拔匀称,肩宽腰细,唇红齿白,浓眉大眼,头戴遮阳草帽,青鞋净袜,全身衣服整齐合体。天热的时候,敞开衣扣,露出扇面也似的胸脯,五寸宽的雪白的板带煞得很紧。走起路来,高抬脚,轻着地,麻溜利索。锡匠里出了这样一个一表人才,真是鸡窝里飞出了金凤凰。老锡匠心里明白:唱"小开口"的时候,那些挤过来的姑娘媳妇,其实都是来看这位十一郎的。

老锡匠经常告诫十一子,不要和此地的姑娘媳妇拉拉扯扯,尤其不要和东头的姑娘媳妇有什么勾搭:"她们和我们不是一样的人!"

三

轮船公司东头都是草房,茅草盖顶,黄土打墙,房顶两头多盖着半片破缸破瓮,防止大风时把茅草刮走。这里的人,世代相传,都是挑夫。男人、女人、大人、孩子,都靠肩膀吃饭。

挑得最多的是稻子。东乡、北乡的稻船,都在大淖靠岸。满船的稻子,都由这些挑夫挑走。或送到米店,或送进哪家大户的廒仓,或挑到南门外琵琶闸的大船上,沿运河外运。有时还会一直挑到车逻、马棚湾这样很远的码头上。单程一趟,或五六里,或七八里、十多里不等。一二十人走成一串,步子走得很匀,很快。一担稻子二百斤,中途不歇肩。一路不停地打着号子。换肩时一齐换肩。打头的一个,手往扁担上一搭,一二十副担子就同时由右肩转到左肩上来了。每挑一担,领一根"筹子",——尺半长,一寸宽的竹牌,上涂白漆,一头是红的。到傍晚凭筹领钱。

稻谷之外,什么都挑。砖瓦、石灰、竹子(挑竹子一头拖在地上,在砖铺的街面上擦得刷刷地响)、桐油(桐油很重,使扁担不行,得用木杠,两人抬一桶)……因此,一年三百六十天,天天有活干,饿不着。

十三四岁的孩子就开始挑了。起初挑半担,用两个柳条笆斗。练上一二年,人长高了,力气也够了,就挑整担,像大人一样的挣钱了。

挑夫们的生活很简单:卖力气,吃饭。一天三顿,都是干饭。这些人家都不盘灶,烧的是"锅腔子"——黄土烧成的矮瓮,一面开口烧火。烧柴是不花钱的。淖边常有草船,乡下人挑芦柴入街去卖,一路总要撒下一些。凡是尚未挑担挣钱的孩子,就一人一把竹笆,到处去搂。因此,这些顽童得到一个稍带侮辱性的称呼,叫做"笆草鬼子"。有时懒得费事,就从乡下人的草担上猛力拽出一把,拔腿就溜。等乡下人撂下担子叫骂时,他们早就没影儿了。锅腔子无处出烟,烟气就横溢出来,飘到大淖水面上,平铺开来,停留不散。这些人家无隔宿之粮,都是当天买,当天吃。吃的都是脱粟的糙米。一到饭时,就看见这些茅草房子的门口蹲着一些男子汉,捧着一个蓝花大海碗,碗里是骨堆堆的一碗紫红紫红的米饭,一边堆着青菜小鱼、臭豆腐、腌辣椒,大口大口地在吞食。他们吃饭不怎么嚼,只在嘴里打一个滚,咕咚一声就咽下去了。看他们吃得那样香,你会觉得世界上再没有比这个饭更好吃的饭了。

他们也有年,也有节。逢年过节,除了换一件干净衣裳,吃得好一些,就是聚在一起赌钱。赌具,也是钱。打钱,滚钱。打钱:各人拿出一二十铜元,叠成很高的一摞。参与者远远地用一个钱向这摞铜钱砸去,砸倒多少取多少。滚钱又叫"滚五七寸"。在一片空场上,各人放一摞钱;一块整砖支起一个斜坡,用一个铜元由砖面落下,向钱注密处滚去,钱停住后,用事前备好的两根草棍量一量,如距钱注五寸,滚钱者即可吃掉这一注;距离七寸,反赔出与此注相同之数。这种古老的博法使挑夫们得到极大的快乐。旁观的闲人也不时大声喝采,为他们助兴。

这里的姑娘媳妇也都能挑。她们挑得不比男人少,走得不比男人慢。挑鲜货是她们的专业。大概是觉得这种水淋淋的东西对女人更相宜,男人们是不屑于去挑的。这些"女将"都生得颀长俊俏,浓黑的头发上涂了很多梳头油,梳得油光水滑(照当地说法是:苍蝇站上去都会闪了腿)。脑后的发髻都极大。发髻的大红头绳的发根长到二寸,老远就看到通红的一截。她们的发髻的一侧总要插一点什么东西。清明插一个柳球(杨柳的嫩枝,一头拿牙咬着,把柳枝的外皮连同鹅黄的柳叶使劲往下一抹,成一个小小球形),端午插一丛艾叶,有鲜花时插一朵栀子、一朵夹竹桃,无鲜花时插一朵大红剪绒花。因为常年挑担,衣服的肩膀处易破,她们的托肩多半是换过的。旧衣服,新托肩,颜色不一样,这几乎成了大淖妇女的特有的服饰。一二十个姑娘媳妇,挑着一担担紫红的荸荠、碧绿的菱角、雪白的连枝藕,走成一长串,风摆柳似的嚓嚓地走过,好看得很!

她们像男人一样的挣钱,走相、坐相也像男人。走起来一阵风,坐下来两条腿叉得很开。她们像男人一样赤脚穿草鞋(脚指甲却用凤仙花染红)。她们嘴里不忌生冷,男人怎么说话她们怎么说话,她们也用男人骂人的话骂人。打起号子来也是"好大娘个歪歪子咧!"——"歪歪子咧……"

没出门子的姑娘还文雅一点,一做了媳妇就简直是"姜太公在此百无禁忌",要多野有多野。有一个老光棍黄海龙,年轻时也是挑夫,后来腿脚有了点毛病,就在码头上看看稻船,收收筹子。这老头儿老没正经,一把胡子了,还喜欢在媳妇们的胸前屁股上摸一把,拧一下。按辈份,他应当被这些媳妇称呼一声叔公,可是谁都管他叫"老骚胡子"。有一天,他又动手动脚的,几个媳妇一咬耳朵,一二三,一齐上手,眨眼之间叔公的裤子就挂在大树顶上了。有一回,叔公听见卖饺面①的挑着担子,敲着竹梆走来,他又来劲了:"你们敢不敢到淖里洗个澡? ——敢,我一个人输你们两碗饺面!"——"真的?"——"真的!"——"好!"几个媳妇脱了衣服跳到淖里扑通扑通洗了一会。爬上岸就大声喊叫:

"下面!"

这里人家的婚嫁极少明媒正娶,花轿吹鼓手是挣不着他们的钱的。媳妇,多是自己跑来的;姑娘,一般是自己找人。她们在男女关系上是比较随便的。姑娘在家生私孩子;一个媳妇,在丈夫之外,再"靠"一个,不是稀奇事。这里的女人和男人好,还是恼,只有一个标准:情愿。有的姑娘、媳妇相与了一个男人,自然也跟他要钱买花戴,但是有的不但不要他们的钱,反而把钱给他花,叫做"倒贴"。

---

① 一半馄饨一半面下在一起,当地叫做饺面。

因此,街里的人说这里"风气不好"。

到底是哪里的风气更好一些呢?难说。

四

大淖东头有一户人家。这一家只有两口人,父亲和女儿。父亲名叫黄海蛟,是黄海龙的堂弟(挑夫里姓黄的多)。原来是挑夫里的一把好手。他专能上高跳。这地方大粮行的"窝积"(长条芦席围成的粮囤),高到三四丈,只支一只单跳,很陡。上高跳要提着气一口气窜上去,中途不能停留。遇到上了一点岁数的或者"女将",抬头看看高跳,有点含胡,他就走过去接过二百斤的担子,一支箭似的上到跳顶,两手一提,把两箩稻子倒在"窝积"里,随即三五步就下到平地。因为为人忠诚老实,二十五岁了,还没有成亲。那年在车逻挑粮食,遇到一个姑娘向他问路。这姑娘留着长长的刘海,梳了一个"苏州俏"的发髻,还抹了一点胭脂,眼色张皇,神情焦急,她问路,可是连一个准地名都说不清,一看就知道是大户人家逃出来的使女。黄海蛟和她攀谈了一会,这姑娘就表示愿意跟着他过。她叫莲子。——这地方丫头、使女多叫莲子。

莲子和黄海蛟过了一年,给他生了个女儿。七月生的,生下的时候满天都是五色云彩,就取名叫做巧云。

莲子的手很巧,也勤快,只是爱穿件华丝葛的裤子,爱吃点瓜子零食,还爱唱"打牙牌"之类的小调:"凉月子一出照楼梢,打个呵欠伸懒腰,瞌睡子又上来了。哎哟,哎哟,瞌睡子又上来了……"这和大淖的乡风不大一样。

巧云三岁那年,她的妈莲子,终于和一个过路戏班子的一个唱小生的跑了。那天,黄海蛟正在马棚湾。莲子把黄海蛟的衣裳都浆洗了一遍,巧云的小衣裳也收拾在一起,焖了一锅饭,还给老黄打了半斤酒,把孩子托给邻居,说是她出门有点事,锁了门,从此就不知去向了。

巧云的妈跑了,黄海蛟倒没有怎么伤心难过。这种事情在大淖这个地方也值不得大惊小怪。养熟的鸟还有飞走的时候呢,何况是一个人!只是她留下的这块肉,黄海蛟实在是疼得不行。他不愿巧云在后娘的眼皮底下委委屈屈地生活,因此发心不再续娶。他就又当爹又当妈,和女儿巧云在一起过了十几年。他不愿巧云去挑扁担,巧云从十四岁就学会结鱼网和打芦席。

巧云十五岁,长成了一朵花。身材、脸盘都像妈。瓜子脸,一边有个很深的酒窝。眉毛黑如鸦翅,长入鬓角。眼角有点吊,是一双凤眼。睫毛很长,因此显得眼睛经常是眯眯着;忽然回头,睁得大大的,带点吃惊而专注的神情,好像听到远处有人叫她似的。她在门外的两棵树杈之间结网,在淖边平地上织席,就有一些少年人装着有事的样子来来去去。她上街买东西,甭管是买肉、买菜,打油、打酒,撕布、量头绳,买梳头油、雪花膏,买石碱、浆块,同样的钱,她买回来,份量都比别人多,东西都比别人的好。这个奥秘早被大娘、大婶们发现,她们都托她买东西。只要巧云一上街,都挎了好几个竹篮,回来时压得两个胳臂酸疼酸疼。泰山庙唱戏,人家都自己扛了板凳去。巧云散着手就去了。一去了,总有人给她找一个得看的好座。台上的戏唱得正热闹,但是没有多少人叫好。因为好些人不是在看戏,是看她。

巧云十六了,该张罗着自己的事了。谁家会把这朵花迎走呢?炕房的老大?浆坊的老二?鲜货行的老三?他们都有这意思。这点意思黄海蛟知道了,巧云也知道。不然他们老到淖东头来回晃摇是干什么呢?

但是巧云没怎么往心里去。

巧云十七岁,命运发生了一个急转直下的变化。她的父亲黄海蛟在一次挑重担上高跳时,一脚踏空,从三丈高的跳板上摔下来,摔断了腰。起初以为不要紧,养养就好了。不想喝了好多药酒,贴了好多膏药,还不见效。她爹半瘫了,他的腰再也直不起来了。他有时下床,扶着一个剃头担子上用的高板凳,格登格登地走一截,平常就只好半躺下靠在一摞被窝上。他不能用自己的肩膀为女儿挣几件新衣裳,买两枝花,却只能由女儿用一双手养活自己了。还不到五十岁的男子汉,只能做一点老太婆做的事:绩了一捆又一捆的供女儿结网用的麻线。事情很清楚:巧云不会撇下她这个老实可怜的残废爹。谁要愿意,只能上这家来当一个倒插门的养老女婿。谁愿意呢?这家的全部家产只有三间草屋(巧云和爹各住一间,当中是一个小小的堂屋)。老大、老二、老三时不时走来走去,拿眼睛瞟着隔着一层鱼网或者坐在雪白的芦席上的一个苗条的身子。他们的眼睛依然不缺乏爱慕,但是减少了几分急切。

老锡匠告诫十一子不要老往淖东头跑,但是小锡匠还短不了要来。大娘、大婶、姑娘、媳妇有旧壶翻新,总喜欢叫小锡匠来;从大淖过深巷上大街也要经过这里,巧云家门前的柳阴是一个等待雇主的好地方。巧云织席,十一子化锡,正好做伴。有时巧云停下活计,帮小锡匠拉风箱。有时巧云要回家看看她的残废爹,问他想不想吃烟喝水,小锡匠就压住炉里的火,帮她织一气席。巧云的手指划破了(织席很容易划破手,压扁的芦苇薄片,刀一样地锋快),十一子就帮她吮吸指头肚子上的血。巧云从十一子口里知道他家里的事:他是个独子,没有兄弟姐妹。他有一个老娘,守寡多年了。他娘在家给人家做针线,眼睛越来越不好,他很担心她有一天会瞎……

好心的大人路过时会想:这倒真是两只鸳鸯,可是配不成对。一家要招一个养老女婿,一家要接一个当家媳妇,弄不到一起。他们俩呢,只是很愿意在一处谈谈坐坐。都到岁数了,心里不是没有。只是像一片薄薄的云,飘过来,飘过去,下不成雨。

有一天晚上,好月亮,巧云到淖边一只空船上去洗衣裳(这里的船泊定后,把桨拖到岸上,寄放在熟人家,船就拴在这里,无人看管,谁都可以上去)。她正在船头把身子往前倾着,用力涮着一件大衣裳,一个不知轻重的顽皮野孩子轻轻走到她身后,伸出两手咯吱她的腰。她冷不防,一头栽进了水里。她本会一点水,但是一下子懵了。这几天水又大,流很急。她挣扎了两下,喊救人,接连喝了几口水。她被水冲走了!正赶上十一子在炕房门外土坪上打拳,看见一个人冲了过来,头发在水上漂着。他褪下鞋子,一猛子扎到水底,从水里把她托了起来。

十一子把她肚子里的水控了出来,巧云还是昏迷不醒。十一子只好把她横抱着,像抱一个婴儿似的,把她送回去。她浑身是湿的,软绵绵,热乎乎的。十一子觉得巧云紧紧挨着他,越挨越紧。十一子的心怦怦地跳。

到了家,巧云醒来了。(她早就醒来了!)十一子把她放在床上。巧云换了湿衣裳(月光照出她的美丽的少女的身体)。十一子抓一把草,给她熬了半锦子姜糖水,让她喝下去,就走了。

巧云起来关了门,躺下。她好像看见自己躺在床上的样子。月亮真好。

巧云在心里说:"你是个呆子!"

她说出声来了。

不大一会,她也就睡死了。

就在这一天夜里,另外一个人,拨开了巧云家的门。

五

由轮船公司对面的巷子转东大街,往西不远,有一个道士观,叫做炼阳观。现在没有道士了,里面住了不到一营水上保安队。这水上保安队是地方武装。他们名义上归县政府官辖,饷银却由县商会开销,水上保安队的任务是下乡剿土匪。这一带土匪很多,他们抢了人,绑了票,大都藏匿在芦荡湖泊中的船上(这地方到处是水),如遇追捕,便于脱逃。因此,地方绅商觉得很需要成立一个特殊的武装力量来对付这些成帮结伙的土匪。水上保安队装备是很好的。他们乘的船是"铁板划子"——船的三面都有半人高、三四分厚的铁板,子弹是打不透的。铁板划子就停在大淖岸边,样子很高傲。一有任务,就见大兵们扛着两挺水机关,用箩筐抬着多半筐子弹(子弹不用箱装,却使箩抬,颇奇怪),上了船,开走了。

或七八天,或十天半月,他们得胜回来了(他们有铁板划子,又有水机关,对土匪有压倒优势,很少有伤亡)。铁板划子靠了岸,上岸列队,由深巷,上大街,直奔县政府。这队伍是四列纵队。前面是号队。这不到一营的人,却有十二支号。一上大街,就"打打打滴打大打滴大打",齐齐整整地吹起来。后面是全队弟兄,一律荷枪实弹。号队之后,大队之前的正中,是捉来的土匪。有时三个五个,有时只有一个,都是五花大绑。这队伍是很神气的。最妙的是被绑着的土匪也一律都合着号音,步伐整齐,雄赳赳气昂昂地走着。甚至值日官喊"一、二、三、四",他们也随着大声地喊。大队上街之前,要由地保事先通知沿街店铺,凡有鸟笼的(有的店铺是养八哥、画眉的),都要收起来,因为土匪大哥看见不高兴,这是他们忌讳的(他们到了县政府,都下在大狱里,看见笼中鸟,就无出狱希望了)。看看这样的铜号放光,刺刀雪亮,还夹着几个带有传奇色彩的土匪英雄的威武雄壮的队伍,是这条街上的民众的一件快乐事情。其快乐程度不下于看狮子、龙灯、高跷、抬阁和僧道齐全、六十四杠的大出丧。

除了下乡办差,保安队的弟兄们没有什么事。他们除了把两挺水机关扛到大淖边突突地打两梭(把淖岸上的泥土打得簌簌地往下掉),平常是难得出操、打野外的。使人们感觉到这营把人的存在的,是这十二个号兵早晚练号。早晨八九点钟,下午四五点钟,他们就到大淖边来了。先是拔长音,然后各自吹几段,最后是合吹进行曲、三环号(他们吹三环号只是吹着玩,因为从来没有接受检阅的时候)。吹完号,就解散,想干什么干什么。有的,就轻手轻脚,走进一家的门外,咳嗽一声,随着,走了进去,门就关起来了。

这些号兵大都衣着整齐,干净爱俏。他们除了吹吹号,整天无事干,有的是闲空。他们的钱来得容易,——饷钱倒不多,但每次下乡,总有犒赏;有时与土匪遭遇,双方谈条件,也常从对方手中得到一笔钱,手面很大方,花钱不在乎。他们是保护地方绅商的军人,身后有靠山,即或出一点什么事,谁也无奈他何。因此,这些大爷就觉得不风流风流,实在对不起自己,也辜负了别人。

十二个号兵,有一个号长,姓刘,大家都叫他刘号长。这刘号长前后跟大淖几家的媳妇都很熟。

拨开巧云家的门的,就是这个号长!

号长走的时候留下十块钱。

这种事在大淖不是第一次发生。巧云的残废爹当时就知道了。他拿着这十块钱,只是长长地叹了一口气。邻居们知道了,姑娘、媳妇并未多议论,只骂了一句:"这个该死的!"

巧云破了身子,她没有淌眼泪,更没有想到跳到淖里淹死。人生在世,总有这么一遭!只是为什么是这个人?真不该是这个人!怎么办?拿把菜刀杀了他?放火烧了炼阳观?不行!她还有个残废爹。她怔怔地坐在床上,心里乱糟糟的。她想起该起来烧早饭了。她还得结网,织席,还得上街。她想起小时候上人家看新娘子,新娘子穿了一双粉红的缎子花鞋。她想起她的远在天边的妈。她记不得妈的样子,只记得妈用一个筷子头蘸了胭脂给她点了一点眉心红。她拿起镜子照照,她好像第一次看清楚自己的模样。她想起十一子给她吮手指上的血,这血一定是咸的。她觉得对不起十一子,好像自己做错了什么事。她非常失悔:没有把自己给了十一子!

她的这个念头越来越强烈。这个号长来一次,她的念头就更强烈一分。

水上保安队又下乡了。

一天,巧云找到十一子,说:"晚上你到大淖东边来,我有话跟你说。"

十一子到了淖边。巧云踏在一只"鸭撇子"上(放鸭子用的小船,极小,仅容一人。这是一只公船,平常就拴在淖边。大淖人谁都可以撑着它到沙洲上挑蒌蒿,割茅草,拣野鸭蛋),把篙子一点,撑向淖中央的沙洲,对十一子说:"你来!"

过了一会,十一子泅水到了沙洲上。

他们在沙洲的茅草丛里一直呆到月到中天。

月亮真好啊!

六

十一子和巧云的事,师兄们都知道,只瞒着老锡匠一个人。他们偷偷地给他留着门,在门窝子里倒了水(这样推门进来没有声音)。十一子常常到天快亮的时候才回来。有一天,又是这时候才推开门。刚刚要钻被窝,听见老锡匠说:

"你不要命啦!"

这种事情怎么瞒得住人呢?终于,传到刘号长的耳朵里。其实没有人跟他嚼舌头,刘号长自己还不知道?巧云看见他都讨厌,她的全身都是冷淡的。刘号长咽不下这口气。本来,他跟巧云又没有拜过堂,完过花烛,闲花野草,断了就断了。可是一个小锡匠,夺走了他的人,这丢了当兵的脸。太岁头上动土,这还行!这种事从来没有发生过。连保安队的弟兄也都觉得面上无光,在人前矬了一截。他是只许自己在别人头上拉屎撒尿,不许别人在他脸上溅一星唾沫的。若是闭着眼过去,往后,保安队的人还混不混了?

有一天,天还没亮,刘号长带了几个弟兄,踢开巧云家的门,从被窝里拉起了小锡匠,把他捆了起来。把黄海蛟、巧云的手脚也都捆了,怕他们去叫人。

他们把小锡匠弄到泰山庙后面的坟地里,一人一根棍子,搂头盖脸地打他。

他们要小锡匠卷铺盖走人,回他的兴化,不许再留在大淖。

小锡匠不说话。

他们要小锡匠答应不再走进黄家的门,不挨巧云的身子。

小锡匠还是不说话。

他们要小锡匠告一声饶,认一个错。

小锡匠的牙咬得紧紧的。

小锡匠的硬铮把这些向来是横着膀子走路的家伙惹怒了,"你这样硬! 打不死你!"——"打",七八根棍子风一样、雨一样打在小锡匠的身子。

小锡匠被他们打死了。

锡匠们听说十一子被保安队的人绑走了,他们四处找,找到了泰山庙。

老锡匠用手一探,十一子还有一丝悠悠气。老锡匠叫人赶紧去找陈年的尿桶。他经验过这种事,打死的人,只有喝了从桶里刮出来的尿碱,才有救。

十一子的牙关咬得很紧,灌不进去。

巧云捧了一碗尿碱汤,在十一子的耳边说:"十一子,十一子,你喝了!"

十一子微微听见一点声音,他睁了睁眼。巧云把一碗尿碱汤灌进了十一子的喉咙。

不知道为什么,她自己也尝了一口。

锡匠们摘了一块门板,把十一子放在门板上,往家里抬。

他们抬着十一子,到了大淖东头,还要往西走。巧云拦住了:

"不要。抬到我家里。"

老锡匠点点头。

巧云把屋里存着的鱼网和芦席都拿到街上卖了,买了七厘散,医治十一子身子里的瘀血。

东头的几家大娘、大婶杀了下蛋的老母鸡,给巧云送来了。

锡匠们凑了钱,买了人参,熬了参汤。

挑夫,锡匠,姑娘,媳妇,川流不息地来看望十一子。他们把平时在辛苦而单调的生活中不常表现的热情和好心都拿出来了。他们觉得十一子和巧云做的事都很应该,很对。大淖出了这样一对年轻人,使他们觉得骄傲。大家的心喜洋洋,热乎乎的,好像在过年。

刘号长打了人,不敢再露面。他那几个弟兄也都躲在保安队的队部里不出来。保安队的门口加了双岗。这些好汉原来都是一窝"草鸡"!

锡匠们开了会。他们向县政府递了呈子,要求保安队把姓刘的交出来。

县政府没有答复。

锡匠们上街游行。这个游行队伍是很多人从未见过的。没有旗子,没有标语,就是二十来个锡匠挑着二十来副锡匠担子,在全城的大街上慢慢地走。这是个沉默的队伍,但是非常严肃。他们表现出不可侵犯的威严和不可动摇的决心。这个带有中世纪行帮色彩的游行队伍十分动人。

游行继续了三天。

第三天,他们举行了"顶香请愿"。二十来个锡匠,在县政府照壁前坐着,每人头上用木盘顶着一炉炽旺的香。这是一个古老的风俗:民有沉冤,官不受理,被逼急了的百姓可以用香火把县大堂烧了,据说这不算犯法。

这条规矩不载于《六法全书》,现在不是大清国,县政府可以不理会这种"陋习"。但是这些锡匠是横了心的,他们当真干起来,后果是严重的。县长邀请县里的绅商商议,一致认为这件事不能再不管。于是由商会会长出面,约请了有关的人:一个承审——作为县长代表,保安队的副官,老锡匠和另外两个年长的锡匠,还有代表挑夫的黄海龙,四邻见证,——卖眼镜的宝应人,卖天竺筷的杭州人,在一家大茶馆里举行会谈,来"了"这件事。

会谈的结果是:小锡匠养伤的药钱由保安队负担(实际是商会拿钱),刘号长驱逐出境。由刘号长画押具结。老锡匠觉得这样就给锡匠和挑夫都挣了面子,可以见好就收了。只是要求在刘某人的甘结上写上一条:如果他再踏进县城一步,任凭老锡匠一个人把他收拾了!

过了两天,刘号长就由两个弟兄持枪护送,悄悄地走了。他被调到三垛去当了税警。

十一子能进一点饮食,能说话了。巧云问他:

"他们打你,你只要说不再进我家的门,就不打你了,你就不会吃这样大的苦了。你为什么不说?"

"你要我说么?"

"不要。"

"我知道你不要。"

"你值么?"

"我值。"

"十一子,你真好!我喜欢你!你快点好。"

"你亲我一下,我就好得快。"

"好,亲你!"

巧云一家有了三张嘴。两个男的不能挣钱,但要吃饭。大淖东头的人家都没有积蓄,也没有什么东西可以变卖典押。结鱼网,打芦席,都不能当时见钱。十一子的伤一时半会不会好,日子长了,怎么过呢?巧云没有经过太多考虑,把爹用过的箩筐找出来,磕磕尘土,就去挑担挣"活钱"去了。姑娘媳妇都很佩服她。起初她们怕她挑不惯,后来看她脚下很快,很匀,也就放心了。从此,巧云就和邻居的姑娘媳妇在一起,挑着紫红的荸荠、碧绿的菱角、雪白的连枝藕,风摆柳似地穿街过市,发髻的一侧插着大红花。她的眼睛还是那么亮,长睫毛忽扇忽扇的。但是眼神显得更深沉,更坚定了。她从一个姑娘变成了一个很能干的小媳妇。

十一子的伤会好么?

会。

当然会!

     一九八一年二月四日,旧历大年三十

陈 小 手

我们那地方,过去极少有产科医生。一般人家生孩子,都是请老娘。什么人家请哪位老娘,差不多都是固定的。一家宅门的大少奶奶、二少奶奶、三少奶奶,生的少爷、小姐,差不多都是一个老娘接生的。老娘要穿房入户,生人怎么行?老娘也熟知各家的情况,哪个年长的女用人可以当她的助手,当"抱腰的",不须临时现找。而且,一般人家都迷信哪个老娘"吉祥",接生顺当。——老娘家都供着送子娘娘,天天烧香。谁家会请一个男性的医生来接生呢?——我们那里学医的都是男人,只有李花脸的女儿传其父业,成了全城仅有的一位女医人。她也不会接生,只会看内科,是个老姑娘。男人学医,谁会去学产科呢?都觉得这是一桩丢人没出息的事,不屑为之。但也不是绝对没有。陈小手就是一位出名的男性的产科医生。

陈小手的得名是因为他的手特别小,比女人的手还小,比一般女人的手还更柔软细嫩。他专能治难产。

横生、倒生,都能接下来(他当然也要借助于药物和器械)。据说因为他的手小,动作细腻,可以减少产妇很多痛苦。大户人家,非到万不得已,是不会请他的。中小户人家,忌讳较少,遇到产妇胎位不正,老娘束手,老娘就会建议:"去请陈小手吧。"

陈小手当然是有个大名的,但是都叫他陈小手。

接生,耽误不得,这是两条人命的事。陈小手喂着一匹马。这匹马浑身雪白,无一根杂毛,是一匹走马。据懂马的行家说,这马走的脚步是"野鸡柳子",又快又细又匀。我们那里是水乡,很少人家养马。每逢有军队的骑兵过境,大家就争着跑到运河堤上去看"马队",觉得非常好看。陈小手常常骑着白马赶着到各处去接生,大家就把白马和他的名字联系起来,称之为"白马陈小手"。

同行的医生,看内科的、外科的,都看不起陈小手,认为他不是医生,只是一个男性的老娘。陈小手不在乎这些,只要有人来请,立刻跨上他的白走马,飞奔而去。正在呻吟惨叫的产妇听到他的马脖子上的銮铃的声音,立刻就安定了一些。他下了马,即刻进产房。过了一会(有时时间颇长),听到哇的一声,孩子落地了。陈小手满头大汗,走了出来,对这家的男主人拱拱手:

"恭喜恭喜！母子平安！"男主人满面笑容,把封在红纸里的酬金递过去。陈小手接过来,看也不看,装进口袋里,洗洗手,喝一杯热茶,道一声"得罪",出门上马。只听见他的马的銮铃声"哗棱哗棱"……走远了。

陈小手活人多矣。

有一年,来了联军。我们那里那几年打来打去的,是两支军队。一支是国民革命军,当地称之为"党军";相对的一支是孙传芳的军队。孙传芳自称"五省联军总司令",他的部队就被称为"联军"。联军驻扎在天王庙,有一团人。团长的太太(谁知道是正太太还是姨太太),要生了,生不下来。叫来几个老娘,还是弄不出来。这太太杀猪也似的乱叫。团长派人去叫陈小手。

陈小手进了天王庙。团长正在产房外面不停地"走柳"。见了陈小手,说:

"大人,孩子,都得给我保住！保不住要你的脑袋！进去吧！"

这女人身上的脂油太多了,陈小手费了九牛二虎之力,总算把孩子掏出来了。和这个胖女人较了半天劲,累得他筋疲力尽。他迤里歪斜走出来,对团长拱拱手:

"团长！恭喜您，是个男伢子，少爷！"

团长呲牙笑了一下："难为你了！——请！"

外边已经摆好了一桌酒席。副官陪着。陈小手喝了两盅。团长拿出二十块现大洋，往陈小手面前一送："这是给你的！——别嫌少哇！"

"太重了！太重了！"

喝了酒，揣上二十块现大洋，陈小手告辞了："得罪！得罪！"

"不送你了！"

陈小手出了天王庙，跨上马。团长掏出枪来，从后面，一枪就把他打下来了。

团长说："我的女人，怎么能让他摸来摸去！她身上，除了我，任何男人都不许碰！这小子，太欺负人了！日他奶奶！"

团长觉得怪委屈。

鸡鸭名家

刚才那两个老人是谁?

父亲在洗刮鸭掌,每个蹼蹼都撑开细细看过,是不是还有一丝泥垢,一片没有刮尽的皮,样子就像是作着一件精巧的手工似的。两付鸭掌,白白净净,一只一只,妥妥停停的一排。四个鸭翅,也白白净净,一只一只,妥妥停停一排。看起来简直绝对想不到那是从一只鸭子身上取下来的,仿佛天生成这么一种好吃东西,就这样生的就可以吃了,入口且一定爽糯鲜甜无比,漂亮极了,可爱极了。我忍不住伸手用指头去捏捏弄弄,觉得非常舒服。鸭翅尤其是血色和匀丰满而肉感。就是那个教我拿着简直无法下手的鸭肫,父亲也把它处理得极美,他握在手里,掂了一掂,"真不小,足有六两重!"用他那把角柄小刀从栗紫色当中闪着钢蓝色的那儿一个微微凹处轻轻一划,一翻,蓝黄色鱼子状的东西绽出来了。"你说脏,脏甚么! 一点都不!"是不脏,他弄得教我觉得不脏,我甚至没有觉得臭味。洗涮了几次,往鸭掌鸭翅之间一放,样子名贵极了,一个甚么珍奇的果品似的。我看他作这一切,用他的洁白的,熨贴的,然而男性的,有精力,果断,可靠的手作这一切,看得很感动。王羲之论钟张书,"张精熟过人,"又曰"须得书意转深,点画之间皆有意,自有言所不得尽其妙者,事事皆然。""精熟","有意",说得真好。我追随他的每一动作,以心,以目,正如小时,看他作画。父亲一路来直称赞鸡鸭店那个伙计,说他拗折鸭掌鸭翅,准确极了,轻轻一来,毫不费事,毫不牵皮带肉,再三赞叹他得着了"诀窍",所好者技,进乎道矣,相信父亲自己落到鸡鸭店作伙计,也一定能作到如此地步的!

这个地方鸡鸭多,鸡鸭店多,教门馆子多,一定有不少回回。回回多,当有来历,是一颇有兴趣问题,我们家乡信回教的极少,数得出来的,鸡鸭店则全城似只一家。小小一间铺面,干净而寂寞,经过时总为一种深刻印象所袭,一种说不出来的东西与别人家截然不同。铺子在我舅舅家附近,出一个深巷高坡,上了大街,拐角上第一家就是。主人相貌奇古,一个非常的大鼻子,真大!鼻子上一个洞,一个洞,通红通红,十分鲜艳,一个酒糟鼻子。我从那一个鼻子上认得了什么叫酒糟鼻子。没有人告诉过我,我无师自通,一看见那个鼻子就知道了:"酒糟鼻子!"日后我在别处看见了类似而远比不上的鼻子,我就想到那个店主人。刚才在鸡鸭店我又想到那个鼻子!从来没有去买过鸡鸭,不知那个鼻子有没有那样的手段?现在那个人,那爿店,那条斜阳古柳的巷子不知如何了。……

一串螃蟹在门后叽哩咕噜吐着泡沫。

打气炉子呼呼的响。这个机械文明在这个小院落里也发出一种古代的声音,仿佛是《天工开物》甚至《考工记》上的玩意了。

一声鸡啼。一个金彩烂丽的大公鸡,一只很好的鸡,在小天井里徘徊顾盼,高傲冷清,架上两盆菊花,一盆晓色,一盆懒梳妆。——大概多数人一定欣赏懒梳妆名目,但那不免过于雕琢著意,太贴附事实,远不比晓色之得其神理,不落形象,妙手偶得,可遇不可求。看过又画过这种花的就可以晓得,再没有比这更难捉摸的颜色了,差一点就完全不是那回事!天晓的颜色是甚么样子呢,可是一看到这种花瑷瑷瑓瑓,清新醒活的劲儿,你就觉得一点不错,这正是"晓色"!心中所有,笔下所无的两个字。

我们刚回来一会儿,买了鸭翅,鸭掌,鸭舌,鸭胗,八只蟹,青菜两棵,葱一小把,姜一块回来,我来看父亲,父亲整天请我吃,来了几天,吃了几天。昨天晚上隔了一层板壁,他睡在外面房间,我睡在里头,躺在床上商议明天不出去吃了,在家里自己作。不要多,菜只要两个,一个蟹,蒸一蒸,不费事,——喝酒;一个舌掌汤,放两个菜头烩一烩——吃饭。我父亲实在很会过日子,一个人在外头,一高兴就自己作饭,很会自得其乐!——那几只蟹买得好,在路上已经有两个人问过,好大蟹,甚么地方买的,多少钱一斤,很赞许的样子,一个老先生,一个女人,全都自然极了,亲切极了,可是我们一点也不认识,真有意思!大都市里恐怕很少这种情形了。

那两个老人是谁呢,父亲跟他们招呼的,在沙滩上?——

街上回来,行过沙滩。沙滩上有人分鸭子。三个,——后来又来了一个,四个,四个汉子站在一个大鸭圈里,在熙熙攘攘的鸭子里,一个一个,提起鸭脖子,看一看,分别丢在四边几个较小鸭圈里。看的甚么?——四个人都是短棉袄。有纽子扣得好好的,有的只披上,下面皆系青布鱼裙,这一带江边湖边,荡口桥头,依水而住,靠水吃水的人,卖鱼的、贩菱藕的,收鸡头芡实,经营芦柴茭草生意的,类多有这么一条青布裙子。昨天在渡口市滩看见有这种裙子在那儿卖,我说我想买一条,父亲笑笑。我要当真去买,人家不卖,以为我是开玩笑的。真想看一个人走来讨价还价,说好说歹,这一定是很值得一看的。然而过去又过来,那两条裙子竟是原样放着,似乎没有人抖开前前后后看过!这种裙子穿在身上,有甚么好处,甚么方便,有甚么感情洋溢出来呢?这与其说是一种特别装束,不如说是一种特别装束的遗制,其由来盖当相当古远,似乎为了一点纪念的深心!他们才那么爱好这条裙子,和头上那种瓦块毡帽。这么一打扮,就"像"了,所有的身份就都出来了。"我与我周旋久,宁作我,"生养于水的,必将在水边死亡,他们从不梦想离开水,到另一处去过另外一种日子,他们简直自成一个族类,有他们不改的风教遗规。看的是鸭头,分别公鸭母鸭?母鸭下蛋,可能价钱卖得贵些?不对!鸭子上了市,多是卖给人吃,养老了下蛋的十只里没有一只。要单别公母,弄两个大圈就行了,把公的赶到一边,剩下不就全是母的了,无须这么麻烦。是公是母,一眼还不就看出来,得要那么捉起来放到眼前认一认么?那几个小圈里分明灰头绿头都有。——沙滩上悠悠宭宭,安静极了,然而万籁有声,江流浩浩,飘忽着一种广大深微的呼吁,一种半消沉半积极的神秘意向,极其悄怆感人。东北风。交过小雪了,真的入了冬了,可是江南地暖,虽已至"相逢不出手"时候,身体各处却还觉得舒舒服服,饶有清兴,不很肃杀。天有默阴,空气里潮润润的。新麦,旧柳,抽了卷须的豌豆苗,散过了絮的蒲公英,全都欣然接受这点水气,很久没有下雨。鸭子似乎也很满意这样的天气,显得比平常安静得多。脖子被提起来,并不表示抗议,——也由于那几个鸭贩子提得是地方,一提起,就势儿就摔了过去,不致令它们痛苦,甚至那一摔还会教它得到筋肉伸张的快感,所以往来走动,煦煦然很自在的样子,一点也看不出悲惨。人多以为鸭子是很会唠叨的动物,其实鸭子也有默处的时候,不过这么一大群鸭子而能如此雍雍雅雅,我还从未见过!它们今天早上大都得到一顿饱餐了罢。——甚么地方来了一阵煮大麦芽的气味,香得很,一定有人用长柄大铲子慢慢的搅和着,就要出糖了。——是称称斤量,分开新鸭老鸭? 也不对。这些鸭子全差不多大,没有问题,全是今年养的,生日不是四月就是五月初头,上下差也差不了几天。骡马看牙口,鸭子不是骡马。要看,也得叫鸭子张嘴,而鸭子嘴全闭得扁扁的! 黄嘴也扁扁的,绿嘴也扁扁的。掰开来看全都是一圈细锯齿,它的板牙在肚子里,膆囊里那堆石粒子!嘴上看甚么呢?——我已经断定他们看的是鸭嘴。看甚么呢?哦,鸭嘴上有点东西!有一个一个印子,刻出来的。有的是一道,有的两道,有的一个十字叉叉,那个脸红通通的小伙子,(他棉袄是新的,鞋袜干干净净,他不喝酒,不赌钱,他是个好"儿子",他有个很疼爱他的母亲。我并不嫉妒你!)尽挑那种嘴上两道的。这是记认。这一群鸭子不是一家养的,主人相熟,一伙运过江来,搅乱了,现在再分开各自出卖。对了,不会错的,这个记认作得实在有道理。

江边风大,立久了究竟有点冷,走罢。

刚才运那一车子鸡的夫妻俩不知到了那里。一板车的鸡,一笼一笼堆得高高的。这些鸡算不算他们自己?算他们的,该不坏了,很值几文呢。看样子似不大像,他们穿得可大不齐整。这是作活,不是上庙烧香,不是回娘家过节,用不着打扮,也许。这付板车未免太笨重了一点,车本身比那些鸡一定重得多。——虽然空车子拉起来一定又觉得很轻松的。我起初真有点不平,这男人岂有此理,让女人在前头拉,自己提了两个看起来没有多大分量的蒲包在后头自自在在的踱方步,你就在后头推一把也不妨呀!父亲不说甚么,很关心的看他们过去。一直到了快拐弯的地方,我们一相视,心里有同样感动了。这一带地怎么那么不平,那么多的坑!车子拉动了之后,并不怎么费力的,陷在坑里要推上来才不容易。一下子歪倒了,赶紧上去救住,不但要气力,而且要机警灵活,压着撞着都不轻。这一下子,够受的!他抵住了,然而一个轮子还是上不来。我们走过来,两个老人也跑了过来。我上去推了一把,毫无用处,还是老人之一捡了一块砖煞住一个老往后滑的轮子,那个男人(我现在觉得他很伟大,很敬佩他),发一声喊,车子来了!不该走这条路的,该稍为绕绕,旁边不还稍为平点么。她是没有看到?是想一冲冲过去的?他要发脾气了,埋怨了!然而他没有,不但脸上没有,心里也没有。接过女人为他拾回来的落掉的瓦块帽子,掸一掸草屑,戴上,"难为了,"又走了,车子吱吱咂咂拉了过去。我这才听见,怎么刚才车轴似乎没有声音呢?加点油是否好些?他那两个蒲包里是甚么东西?鸡食?路上"歪掉"的鸡?两包盐?

　　我想起《打花鼓》,

　　　　恩爱的夫妻

　　　　槌不离锣

这两句老在我心里唱，连底下那个"啊呃哎"。这个"啊呃哎"一声一声的弄得我心里很凄楚起来。小时杂在商贾负贩人中听过庙戏多回，不知怎么记得这么两句《一枝花》。后来翻查过戏谱，曾记诵过《打花鼓》全出，可是一有甚么感触时仍是这两句，没头没脑的尽是哼哼。

这个记认作得实在很有道理。遍观鸭子全身，还有甚么其他地方可以作记认呢？不像鸡，鸡长大了毛色各各不同，养鸡人全都记得，在他们眼中世界上没有两只同样的鸡，(《王婆骂鸡》曲本中列鸡色目甚繁夥贴当，可惜背不全了!)偷去杀了吃掉，剥下一堆毛，他认也认得清，小鸡子则都给染了颜色，在肩翅之间，或红或绿。有老母鸡领着，也不大容易走失。染了颜色不大好看，我小时颇不赞成，但人家养鸡可不是为的给我看的！鸭子麻烦，身上不能染红绿颜色，它要下水，整天浸在水里颜色要褪。到一放大毛，普天之下的鸭子就只有两种样子了，公鸭，母鸭。所有的公鸭都一样，所有的母鸭也全一样。鸭子养在河里，你家养，他家养，在河里会面打伙时极多，虽然赶鸭人对自己的鸭有法调度，可是有时不免要混杂。可以作记认，一看就看出来的只有那张嘴。(沈石田画鸭，总是把鸭嘴画得比实际的要宽长些,看过他三幅有鸭子或专画鸭子的画,莫不如是。)上帝造鸭,没有想到鸭嘴有这么个用处罢。小鸭子,嘴嫩嫩的,刻起来大概很容易,用把小洋刀,钳子,钉头,或者随便甚么,甚至荆棘的刺,但没有问题,养鸭人家一定专有一个甚么东西,轻轻那么一划就成了。鸭嘴是角质,就像指甲似的没有神经,刻起来不痛。刻过的,没有刻过的,只要是一张嘴,一样的吃碎米,浮萍,蛆虫,虾蚆,猫杀子罗汉狗子小鱼,鸭子们大概毫不在乎,不会有一只鸭子发现了,大叫出来,"咦,老哥,你嘴上怎么回事,雕了花?"想出这个主意的必然是个伶俐聪敏人。这四个汉子中那一个会发明出来,如果从前从未有过这么一个办法?那个红脸小伙子眼睛生得很美,很撩人的,他可以去演电影。——不,还是鱼裙瓦块帽做鸭子生意!

然而那两个老人是谁呢?

父亲揭起煨罐盖子看看,闻了闻气味,"差不多了,"把一束葱放下去,掇到另一小火的炉上焖起来,打汽炉子空出来蒸蟹。碗筷摆出来,两个杯子里酌满了酒,就要吃饭了。酒真好,我十年来没有喝过这样好酒。父亲说我来了这几天,他比平常喝得要多些,我很喜欢。

"那两个年纪大的是谁?"

"怎么,——你不记得了?"

我还以为我的话问得突兀,我们今天看见过好几个老人,虽然同时看见,在一处的,只有那两个;虽然父亲跟他们招呼过,未必像我一样对他们有兴趣,一直存在心里罢。他这一反问教我很高兴,分明这是很值得记得的两个人,我的眼睛没有错,他们确是有吸引人的地方的!我以为父亲跟他们招呼时有种特殊的敬爱,也没有错,我一问,他即知道问的是谁。大概父亲也会谈起的。

"一个是余老五。"

余老五!这我立刻就知道了,是高大,广额方颡,一腮帮子白胡子根的那个。刚才我就觉得似曾相识,那里看见过的,想来想去,找不到那个名字,我还以为又是把在另一处看过的一个老人的影子错借来了。他是余老五,真不该忘记。近二十年了,我从前想过他,若是老了该是甚么样子,正是这个样子!难怪那么面熟。他不该上这里来,若在家乡街上,我能不认得?——那个瘦瘦小小,目光精利,一小撮山羊胡子,头老微微扬起,眼角微有嘲讽痕迹,行动不像是六十几的人,是——

"陆长庚。"

"陆长庚。"

"陆鸭。"

陆鸭！不过我只能说是知道他,那时候我还小。——不像余老五那是天天见得到的老街坊。

说是老街坊,余大房离我们家很有一截子路,地名大溏,已经是附郭最外一圈,是这条街的尾闾了。余大房是一个炕,余老五在余大房炕房当师傅。他虽姓余,炕房可不是他开的,虽然他是这个炕房里顶重要的一个人。老板或者是他一宗,恐怕相当远,不大清楚了。大溏是一片大水,由此可到东北各乡及下河县城水道,而水边有人家处亦称大溏。这是个很动人的地方,风景人物皆有佳胜处,产生故事极多。在这里出入的,多是那种戴瓦块毡帽系鱼裙朋友。用一个小船在河心里顺流而下,可以看到垂杨柳、脆皮榆,茅棚瓦屋之间高爽地段常有一座比较齐整的房子,两边墙上粉得雪白,几个黑漆大字,显明阅目,一望可见,夏天外头多用芦席搭一个凉棚,绿缸中渍着凉茶,冬天照例有卖花生薄脆的孩子在门口踢毽子,树顶常飘有做会的纸幡或红绿灯笼的那是"行"。一种是鲜货行,代客投牙买卖鱼虾水货,荸荠慈菇,芋艿山药,鸡头薏米,种种杂物。一种是鸡鸭蛋行。鸡鸭蛋行旁边常常是一爿炕房。炕房无字号,多称姓某几房,似颇有古意,而余大房声誉最著,一直是最大的一家。

余五整天没有甚么事情,老看他在街上逛来逛去,而且到哪里提了他那把紫沙茶壶,坐下来就聊,一聊一半天。而且好喝酒,一天两顿,一顿四两。而且好管闲事,跟他毫无关系的事,他也要挤上来说话。而且声音奇大,这条街上一爿茶馆里随时听见他的声音。有时炕房里差个小孩子来找他有事,问人看见没有。答话人常是"看没有看见,听倒听见的。再走过三家门面,你把耳朵竖起来,找不到,再回来问我。"他一年闲到头,吃,喝,穿,用,全不缺。余大房养他。只有春夏之间,不大看见他影子了。

不知多少年没有吃那种"巧蛋"了。巧蛋是孵小鸡没有孵出来的蛋。不知甚么道理,常常有些小鸡长不全,多半是长了一个小头,下面还是个蛋,不过颜色已变,黄黄的,上面略有几根毛丝;有的甚至连翅膀也全了。只是出不了壳。出不了壳,是鸡生得笨,所以这种蛋也称为"拙蛋",说是小孩吃不得的,吃了书念不好。可是通常反过来,称为"巧蛋"了,念书的孩子也就马马虎虎准许吃了,虽然并不因为带一个巧字而鼓励孩子吃。这东西很多人不吃的。因为看上去有点发酥发麻,想一想也怪不舒服。对于不吃的人,我并不反对。有人很爱,到时候千方百计的去找。很惭愧,我是吃过的,而且只好老实说,味道很不错。吃都吃过了,赖也赖不掉,想高雅也高雅不起来了。——吃巧蛋的时候,看不见余五了,清明前后,正是炕鸡子的时候。接着,又得炕小鸭子,四月。

蛋先得挑一挑,那多是蛋行里人责任,哪一路,哪一路收来的蛋,他们都分得好好的,鸡鸭也有"种口",哪一种容易养,哪一种长得高大,哪一种下得蛋,他们全知道。分好了,剔一道,薄壳,过小,散黄,乱带,日久,全不要。再就是炕房师傅的事了。在一间暗屋子里,一扇门上开一个小圆洞,蛋放在洞上,闭一只眼睛,睁一只眼睛反覆映看,谓之"照蛋"。第一次叫"头照"。头照是照"珠子",照蛋黄中的胚珠,看受过精没有,用他们说法,是看有过公鸡,或公鸭没有。没有过公鸡公鸭的,出不了小鸡小鸭。照完了,这就"下炕"了。下炕后三四天,(他们是论时辰的,不会这么含胡,三四天是我的印象,)取出来再照,名为"二照",二照照珠子"发饱"没有。头照很简单,谁都作得来,不用在门洞上,用手轻握如筒,蛋放在底下,迎着亮,转来转去,就看得出有没有那么一点了。二照比较要点功夫,胚珠是否隆起了一点,常常不容易断定。二照剔下来的蛋拿到外头卖,还是一样,一点看不出是炕过的。二照之后,三照四照,隔几天一次,三四照之后的蛋就变了,到知道炕里蛋都在正常发育,就不再动它,静待出炕"上床"。

下了炕之后,不大随便让人去看。下炕那天照例三牲五事,大香大烛,燃鞭放炮,磕头拜敬祖师菩萨,很隆重庄严。炕一年就作一季生意,赚钱蚀本就看这几天。但跟余五熟识,尤其是跟父亲一起去,就可以走进炕边看看。所谓"炕"是一口一口缸,里头涂糊泥草,下面不断用火烘着。火要微微的,保持一定温度。太热了一炕蛋就都熟了,太小也透不进去。甚么时候加点糠或草,甚么时候去掉一点,这是余五职分。那两天他整天不离开一步。许多事情不用他下手,他只须不时看一看,吩咐两句话,有下手从头照着作。余五这可显得重要极了,尊贵极了,也谨慎极了,还温柔极了。他说话细声细气,走路也轻轻的,举止动作,全跟他这个人不相称。他神情很奇怪,像总在谛听着甚么似的,怕自己轻轻咳嗽也会惊散这点声音似的,聚精会神,身体各部全在一种沉湎,一种兴奋,一种极度敏感之中。熟悉炕房情形的人,都说这行饭不容易吃,一炕下来,人要瘦一套,吃饭睡觉也不能马虎一刻,这样前前后后半个多月!从前炕房里供余五抽烟的。他总是躺在屋角一张小床上抽烟,或者闭目假寐,不时就壶嘴喝一口茶,哑哑的说一句甚么话。一样借以量度的器械都没有,就凭他这个人,一个精细准确而复杂多方的"表",不以形求,全以神遇,用他的下意识来判断一切。这才是目睹身验着一个一个生命怎么完成,多有意思事情!炕房里暗暗的,暖洋洋的,空气里潮濡濡的,笼着一度暧昧含隐的异样感觉,怔怔悸悸,缠绵持续,惶恐不安,一种怀春含情的感觉。余老五也真是有一种"母性",虽然这两个字不管用在从前一腮帮子黑胡根子、现在一腮帮子白胡根子的余五身上都似颇为滑稽。

蛋炕好了,放在一张一张木架上,那就是"床"。床上垫棉花,放上去,不多久,就"出"了,小鸡子一个一个啄破蛋壳,啾啾叫起来。听到这声音,老板心里就开了花,而余五眼皮一搭拉,已经沉沉睡去了,小鸡子在街上卖的时候,正是余五呼呼大睡的时候。——鸭子比较简单,连床也不用上,难的是鸡。

卖小鸡小鸭是很有意思的行业。小鸡跟真正的春天一起来，气候也暖了，花也开了。而小鸭子接着就带来了夏天。"春江水暖鸭先知，"说的岂是老鸭？然而老鸭多半养在家里，在江水中游泳的似不甚多。画春江水暖诗意画出黄毛小鸭来，是极自然的，然而事实上大概是错的。小鸡小鸭都放在一个竹编浅沿有盖大圆盒子里卖，挑了各处走，似乎没有吆唤的。一路走，一路啾啾的叫，好玩极了。小鸡小鸭皆极可爱，小鸡娇弱伶仃，小鸭常傻气固执。看它们窜跑跳跃，感到生命的欢欣。提在手里，那点微微挣抗搔骚，令人心中怦怦然动，胸口痒痒的。

　　余大房何以生意最好？因为有一个余老五，余老五是这一行的一个"状元"。余老五何以是状元？他炕出来的小鸡跟别人家的摆在一起，来买的人一定买余老五的鸡，他的小鸡特别大。刚刚出炕的小鸡，刚从蛋里出来的，照理是一样大小，不过是那么重一个，然而余五鸡就能大些。上戥子称，上下差不多，而看上去他的小鸡要大一套！那就好看多了，当然有人买。怎么能大一套呢？他让小鸡的绒毛都出足了。鸡蛋下了炕，比如要几十个时辰，可以出炕了，别的师傅都不敢到那个最后限度，小鸡子出得了，就取出来上床，生怕火功水气错了一点，一炕蛋整个的废了，还是稳点罢，没有胆量等。余五大概总比较多等一个半个时辰。那一个半个时辰是顶吃紧时候,半个多月功夫就在这一会现出交代,余五也疲倦到达到极限了,然而他比平常更觉醒,更敏锐。他那样子让我想起"火眼狻猊","金眼雕"之类绰号,完全变了一个人,眼睛陷下去,变了色,光彩近乎疯人狂人。脾气也大了,动辄激恼发威,简直碰他不得,专断极了,顽固极了。很奇怪的,他倒简直不走近火炕一步,半倚半靠在小床上抽烟,一句话也不说。木床绵絮准备得好好的,徒弟不放心,轻轻来问一句"起了罢?"摇摇头,"起了罢?"还是摇摇头,只管抽他的烟,这一会儿正是小鸡放绒毛的时候,忽而作然而起,"起!"徒弟们赶紧一窝蜂取出来,简直才放上床,就啾啾啾啾的纷纷出来了。余五自掌炕以来,从未误过一回事,同行中无不赞叹佩服,以为神乎其技。道理是简单的,可是人得不到他那种不移的信心。不是强作得来的,是天才,是学问,余五炕小鸭,亦类此出色。至于照蛋煨火等节目,是尤其余事了。

因此他才配提了紫砂壶到处闲聊,一事不管,人家说不是他吃老板,是老板吃着他,没有余老五,余大房就不成其为余大房了,没有余大房,余老五仍是一个余老五。甚么时候他前脚跨出那个大门,后脚就有人替他把那把紫砂壶接过去了,每一家炕房随时都在等着他。从前每年都有人来跟他谈的,他都用种种方法回绝了,后来实在麻烦不过,他开玩笑似的说"对不起,老板坟地都给我看好了!"

父亲说,后来余大房当真托人在泰山庙,就在炕房旁边,给他谈过一小块地,买成没有买成,可不知道了,附近有一片短松林,我们从前老上那儿放风筝,蚕豆花开得紫多多的,斑鸠在叫。

照说,陆长庚是个更富故事性的人,他不像余五那么质实朴素。余五高高大大,方肩膀,方下巴,到处去,而陆长庚只能算是矮子里的高人,属于这一带所说"三料个子"一型,眉毛稍为有点倒,小小眼睛,不时眨动,眨动,嘴唇秀小微薄而柔软,透出机智灵巧,心窍极多,不过乍一看不大看得出来,不仅是他的装束,举止言词亦带着很重的农民气质,安分、卑怯、愿谨,虽然比一般农民要少一点惊惶,而绝望得似乎更深些。就是这点绝望掩盖而且涂改了他的轻盈便捷了。他不像余五那样有酒有饭,有保障有寄托,他受的折磨、伤害、压迫、饥饿都多,他脸小,可是纹路比余五杂驳,写出更多人性。他有太多没有说出来的俏皮笑话,太多没有浪费的风情,没有安慰没有吐气扬眉,没有——我看我说得太逞兴了,过了一点分!所以为此,只因为我有点气愤,气愤于他一定有太多故事没有让我知道。余五若是个为人所敬重的人,他应当是那一带茶坊酒座,瓜架豆棚的一个点缀,是一个为人所喜爱的角色,可是我父亲知道他那点事完全是偶然;他表演了那么一回,也是偶然!

母亲故世之后,父亲觉得很寂寞无聊。母亲葬在窑庄,窑庄我们有一块地,这块地一直没有收成,沙性很重,种稻种麦,都不适宜,那么一片地,每年只得两担荒草作租谷,父亲于是想辟成一个小小农场,试种棉花,种水果,种瓜。把庄房收回来,略事装修,他平日即住在那边,逢年过节,有甚么事情才回来。他年轻时体格极强,耐得劳苦,凡事都躬亲执役,用的两个长工也很勤勉,农场成绩还不错。试种的水蜜桃虽然只开好看的花,结了桃子还不够送人的,棉花则颇有盈余,颜色丝头都好,可是因为好得超过标准,不合那一路厂家机子用,后来就不再种了。至今政府物产统计表上产棉项下还列有窑庄地方,其实老早已经一朵都没有了。不过父亲一直还怀念那个地方,怀念那一段日子,他那几年身体弄得很好,知道了许多事情,忘记了许多事情,从来没有那么快乐满足过。我由一个女用人带着,在舅舅家过,也有时到窑庄住几天,或是父亲带我去或是我自己来了,事前连通知都不通知他!

那天我去,父亲正在屋后园子里给一棵攀杏接枝。这不是接枝的时候,不过是没有事情作,接了玩玩。接枝实在是很好玩,两种不同的树木会连在一起生长,生长而又起变化,本来涩的会变甜了,本来纽子大的会有拳头大,多神奇不可思议的事!他不知接了多少,简直看见树他就想接!手续很简单,接完了用稻草一缠就可以了。不过虽是一根稻草,却束得妥贴坚牢,不会松散。削切枝条的,正是这把角柄小刀,用了这么些年了,还是刀刃若新发于硎。我来是请他回家过节,问他我们要不就在这里过节好不好。而一个长工来了:

"三爷,鸭都丢了!"

"怎样都丢了?"

这一带多河沟港汊,出细鱼细虾,是很适于养鸭地方。这块地上老佃户倪二,父亲原说留他,可是他对种棉花不感兴趣,而且怎么样也不肯相信从来没有结过棉花地方会出棉花,这块地向来只长荞麦,胡萝卜,菉豆,红毛草!他要退租,退租怎么维生,他要养鸭;鸭从来没有养过怎么行,他说从前帮过人,多少懂一点,没有本钱,没有本钱想跟三爷借,父亲觉得不能让他再种红毛草了,很对不起他,应当借给他钱。为了好玩,父亲也托他,买了一百只小鸭,贴他一点钱,由他代养。事发生手,他居然把一趟鸭养得不坏,父亲高兴,说:

"倪二,你不相信我种棉花,我也不相信你养鸭子,可是现在田里是甚么,一朵一朵白的,那是甚么?"

"是棉花。河里一只一只肥的,是——鸭子!"

"事在人为。明年我们换换手,你还是接这块地种,现在你相信它能出棉花了。我明年也来养鸭!"

父亲是真有这样意思的,地土适于植棉,已经证实,父亲并没有打算一直在这里呆下去,总得有人接过。后来田还是交给倪二了。可是因为管理不善,结出来的朵子越来越伶仃了。鸭,父亲可没有自己去养,他是劝劝倪二也还是放弃水面,回到泥土,总觉得那不大适合他,与他的脾气个性,甚至血统都不相宜,这好像有一种命定安排似的,他离不开生长红毛草的这一片地,现在要来改行已经太晚了。人究竟不像树木,可以随便接枝。即树木,有些接枝也不能生长的。站在庄头场上,或早或晚,沉沉雾霭,淡淡金光中,可以看到倪二喳喳吃吃赶着一大阵鸭子经过荡口,父亲常常要摇头。

"还是不成,不'像'!他自己以为帮人喂过食,上过圈,一窝鸭子又养得肥壮,得意得了不得,仿佛是老行家了,可是样子总不大对。这些鸭子还没有很认得他,服他、依他,他跟鸭子不能那么完全是一家子似的。照理,都就要卖了,应当简直不用拘束,那根篙子轻易不大动了。我没有看见过赶鸭用这种神情赶鸭的!"

他把"神情"两个字说得很重,仿佛神情是个甚么可以拿在手里挥舞的东西似的。倪二老实一点,可是我父亲对他不能欣赏他是也可以感觉到的,倪二不服,他有他的话:

"三爷,您看!"

他的意思是就要八月中秋,马上就可以赶到市上变钱,今年鸡鸭上好市面,到那个时候倪二再说他当初为甚么要改业,看看倪二眼光如何,手段如何。父亲想气他一气,说:

"倪二,你知道你手里那根篙子有多重?人说篙子是四两拨千斤,是不是只有四两?"

这就非教倪二红脸不可了,伤了他的心,他那根篙子搦得实在不顶游刃得体,不够到家。不过父亲没有说,怕太损了他的尊严。

养鸭是很苦的事。种田也是很苦的事,但那是另外一种苦。问养鸭人顶苦是甚么,很奇怪的,他们回答"是寂寞"。这简直不能相信了,似乎寂寞只是坐得太久谈得太多,抽烟喝茶度日的人才有的感情,"乡下人"!会"寂寞"吗?也许寂寞是人的基本感情之一,怕寂寞是与生俱来的,襁褓中的孩子如果不是确知父母在留心着自己,他不肯一个人睡在一间屋子里。也可能这是穴居野处时对于不可知的一切来袭的恐惧心理的遗传,人总要知觉到自己不是孤身的面对整个自然。种地不是一个人的事情,车水、薅草、播种、插秧、打场、施肥,有歌声,有锣鼓,有打骂调笑,相慰相劳,热热闹闹,呼吸着人的气息。而养鸭是一种游离,一种放逐,一种流浪。一清早,天才露白,撑一个浅扁小船,才容一人起坐,叫作"鸭撇子",手里一根竹篙,竹篙头上系一个稻草把子或破芭蕉蒲扇,用以指挥鸭子转弯入阵,也用以划水撑船,就冷冷清清的离了庄子,到一片茫茫的水里去了。一去一天,直到天压黑,才回来。下雨天穿蓑衣,太阳大戴笠子,凉了多带件衣裳,整个被人遗忘在这片水里。"连个说说话的人都没有"。这句话似极普通,可是你看看养鸭人的脸,听起来就有无比的悲愁。在那么空寥的地方,真是会引起一种原始的恐惧的,无助、无告、忍受着一种深入肌理,抽搐着腹肉,教人想呕吐的绝望,"简直要哭出来"!单那份厌气就无法排遣,只有拼命叭达旱烟。远远的可以听到一两声人声,可是眼前是这些扁毛畜生!牛羊,甚至猪,都与人切身相关,可以产生感情,要跟鸭子谈谈心实在是很困难。放鸭的如果不是特别有心性,会自己娱悦,能弄一点甚么东西在手上作作,心里想想的,很容易变成孤僻怪物之冷漠而褊窄。父亲觉得倪二旱烟瘾越来越大,行动虽还没看出甚么改变,可是有点甚么东西正在深重起来,无以名之,只有借用又是只通用于另一阶级的名词:犬儒主义。

可是鸭子肥得倪二欢喜,他看完了好利钱,这支持着他。

前两天倪二说,要把鸭子赶去卖了,已经谈好了,行用,卡钱,水脚,全算上,连底三倍利。就要赶,问父亲那一百只鸭怎么说,是不是一起卖。父亲关照他留三十只,送送人,也养几只下蛋,他要看自己家里鸭子下两个双黄玩玩。昨天晚上想起来,要多留二十只,今天叫长工去荡里跟倪二说一声。

"鸭都丢了!"

倪二说要去卖鸭,父亲问他要不要人帮一帮,怕他一个人对付不了。鸭子运起来,不像鸡装了笼子,仍是一只小船,船上准备人的粮食,简单行李,鸭圈一大卷,人在船,鸭在水,一路迤迤逶逶的走。鸭子路上要吃,还是鱼虾水虫,到了那头才不瘦膘减分量,精神好看。指挥拨反全靠那根篙子。有人可以在大江里赶十天半月,晚上找个沙洲歇一歇,这不是外行冒充得来的。

"不要!"

怕父亲还要说甚么,他偷偷准备准备,留下三十只,其余的一早赶过荡,过白莲湖,转到大湖里,到邻县城里去了。长工一到荡口,问人:

"倪二呢?"

"倪二在白莲湖里,你赶快去看看,叫三爷也去看看,——一趟鸭子全散了!"

白莲湖是一口小湖,离窑庄不远,出菱,出藕,藕肥白少渣滓,荷花倒是红的多。或散步,或乘船赶二五八集期,我们也常去的,湖边港汊甚多,密密的长着芦苇。新芦苇长得很高了。莲蓬已经采过,荷叶颜色发了黑,多半全破了,人过时常有翡翠鸟冲起掠过,翠绿的一闪,疾速如箭,切断人的思绪或低低的唱歌。

小船浮在岸边,竹篙横在船上,篙子头上的破蒲扇不知那里去了。倪二呢? 坐在一个石辘轳上,手里团着他的瓦块帽子,额头上破了一块皮,在一个人家晒场上,为几个人围着,他好像老了十年。他疲倦了,一清早到现在,现在是下半天了,他一定还没有吃过饭,跟这些鸭子奋斗了半日。他的饭在船上一个布口袋里,一袋子老锅巴。他坐着不动,看不出他心里甚么滋味,不时头忽然抖一抖,好像受了震动。——他的脖子里的沟好深,一方格一方格的,颜色真红,烧焦了似的。那么坐着,脚恐怕要麻了,好傻相的脚!父亲叫他:

"倪二。"

"三爷!"

他像个孩子似的哭起来了。——怎么办呢?

"去找陆长庚,他有法子。"

"哎,除非陆长庚。"

"只有老陆,陆鸭。"

陆长庚在那里?

"多半在桥头茶馆。"

桥头有个茶馆,为的鲜货行客人,蛋行客人,陆陈粮行客人,区里,县里,党部里来的人谈话讲生意而设的,卖清茶,代卖烟纸,洋杂,针线,香烛,鸡蛋糕,麻酥饼,七厘散,紫金锭,菜种,草鞋,契纸,小绿颖毛笔,金不换黑墨,何通记纸牌。这一带闲散无事人常借茶馆聚赌玩钱。有时纸牌,最为文雅。有时麻雀,那付牌有一张红中丢了,配了牌九上一张杂七,这杂七于是成为桌上最关心的一张牌了。有时推牌九,下旁注的比坐下来拿牌的要多,在后头呼幺喝六,帮别人呐喊助威的更多。船从桥边过,远远的就看到一堆兴奋忘形的人头人手,走过了一段,还听得到"七七八八——不要九!""磨一点,再磨一点,天地遇牯牛,越大越封侯!"呼声。常在后头看斜头胡的,有人指点过,那就是陆长庚,这一带放鸭的第一手,诨号陆鸭,说他自己简直就是一只老鸭。——瘦瘦小小,神情总是在发愁的样子。他已经多年不养鸭了,见到鸭就怕了,运气不好,老是瘟。

"不要你多,十五块洋钱。"

十五块钱在从前很是一个数目了。许多人都因为这个数目而回了回头,看看倪二,看看陆长庚,桌面上顶大的注子是一吊钱三三四,天之九吃三道。

说了半天,讲定了,十块钱。看一家地杠通吃,红了一庄,方去。

"把鸭圈全拿好,倪二你会赶鸭子进圈的?我吆上来,你就赶,鸭子在水里好弄,上了岸七零八落的不好捉。"

这十块钱太赚得不费力了!拈起那根篙子,撑到湖心,人仆在船上,把篙子平着在水上扑一气,嘴里喷喷咕咕不知叫点甚么,嚇——都来了!鸭子四面八方,从芦苇缝里像来争甚么东西似的,拼命的拍着翅膀,挺着脖子,一起奔到他那只小船的四围来。本来平静寥阔湖面,一时骤然热闹起来,全是鸭子,不知为甚么,高兴极了,喜欢极了,放开喉咙大叫,不停的把头没在水里,翻来翻去。岸上人看到这情形,都忍不住大笑起来,连倪二都笑了,他笑得尤其舒服。差不多都齐了,篙子一抬,嘴子曼声唱着,鸭子马上又安静起来,文文雅雅,摆摆摇摇,向岸边游来,舒闲整齐有致。兵法用兵第一贵"和",这个字用来形容那些鸭子真恰切极了。他唱的不知是甚么,仿佛鸭子都很爱听,听得很入神似的,真怪!

"一共多少只?"

"三千多。"

"三千多少?"

"三千零四十二。"

他拣一个高处,四面一望。

"你数数,大概不差了。——嗨!你这里头怎么来了一只老鸭!是那一家养的老鸭教你裹来了!"

倪二分辩,分辩也没有用,他一伸手捞住了。

"它屁股一撅,就知道。新鸭子拉稀屎,过了一年的,才硬。鸭肠子鸭头的那里有个小籇道,老鸭子就长老了。吃新鸭子,不喝酒,容易拉肚,就因为鸭肠子不老。裹了人家鸭自己还不知道,只知道多了一只!"

"我不要你多,只要两只。送不送由你。"

怎么小气,也没法不送他,他已经到鸭圈里提了两只,一手一只,拎了一拎。

"多重?"

他问人。

"你说多重?"

有人问他。

"六斤四,——这一只,多一两,六斤五。这一趟里顶壮的两只。"

不相信,那里一两也分得出,就凭手拎一拎?

"不相信,不相信拿秤来称。称得不对,两只鸭算你的;对了,今天晚上上你家里喝酒。"

称出来,一点都不错。

"拎都用不着拎,凭眼睛看,说得出这一趟鸭一个一个多重。"

不过先得大叫一声才看得出来。鸭身上有毛,毛蓬松着看不出来,得惊它一惊,一惊,鸭毛就紧了,贴在身上了,这就看得出那一个肥那一个瘦。

"晚上喝酒了,在茶馆里会。不让你费事,鸭先杀好。"

他刀也不用,一个指头往鸭子三岔骨处一捣,两只鸭挣扎都不挣扎就死了。

"杀的鸭子不好吃,鸭子要吃呛血的,肉才不老。"

甚么事他都是轻描淡写,毫不大惊小怪。说话自然露出得意,可是得意之中还是有一种对于自己的嘲讽,仿佛这是并不稀奇的事,而且正因为有这点本领,他才种种不像别人。他日子过得很不如意,种一点地,种的是豆子。"懒媳妇种豆,"豆子是顶不要花工夫气力的。从前放过鸭,可是本钱都蚀光了。鸭子瘟起来不得了,只要看见一个鸭摇一摇头,就完了。还不像鸡,鸡瘟起来比较慢,灌点胡椒香油,还可以有点救。鸭,一个摇头,个个摇头,马上,都不动了。比在三岔骨上捣一指头还快。常常一趟鸭子放到荡里,回来时只有自己一个人了。看着死,毫无办法。陆长庚吃的鸭可太多了,他发誓,从此决不再养。

"倪老二,十块钱不白要你的,我给你送到。今天晚了,你把鸭圈起来过一夜,明天一早我来。三爷,十块钱赶一趟鸭,不算顶贵噢?"

他知道这十块钱将由谁来出。

当然,第二天大早他来时仍是一个陆长庚,一夜七戳五在手,输得光光的。

"没有!还剩一块!"

这两个人都老了,时候过起来真快。两个老人怎么会到这里来了呢?现在在作甚么呢?父亲也不大清楚,我请父亲给我打听打听,可是一直还没有信来。——忽然想起来,那个分鸭子的年青小伙子一定是两老人之一的儿子,而且是另一老人的女婿。我得写封信去问问。也顺便问父亲房东家养在院子里的那只大公鸡不知怎么了。——这只公鸡,他们说它有神经病,我看大概不是神经病。一窝小鸡买进来时本来是十只,次第都已死去,只剩下这个长命。不过很怪,常常它会曲起一只脚来乱蹦乱跳一气,就像发了疯似的。可能是抽筋,不过鸡会抽筋么?它左脚有点异样,脚趾全向里弯,有点内八字,最外一个而且好像短了一截,可能是小时教甚么重东西压的。是这影响他生理上有时不大平衡么?父亲说怕是受刺激太深,与它的同伴的死有关,那当然是开玩笑。——哎哟,一年了,该没有被杀掉风起来罢?这两天正是风鸡的时候。

异　秉

王二是这条街的人看着他发达起来的。

不知从什么时候起,他就在保全堂药店廊檐下摆一个熏烧摊子。"熏烧"就是卤味。他下午来,上午在家里。

他家在后街濒河的高坡上,四面不挨人家。房子很旧了,碎砖墙,草顶泥地,倒是不仄逼,也很干净,夏天很凉快。一共三间。正中是堂屋,在"天地君亲师"的下面便是一具石磨。一边是厨房,也就是作坊。一边是卧房,住着王二的一家。他上无父母,嫡亲的只有四口人,一个媳妇,一儿一女。这家总是那么安静,从外面听不到什么声音。后街的人家总是吵吵闹闹的。男人揪着头发打老婆,女人拿火叉打孩子,老太婆用菜刀剁着砧板诅咒偷了她的下蛋鸡的贼。王家从来没有这些声音。他们家起得很早。天不亮王二就起来备料,然后就烧煮。他媳妇梳好头就推磨磨豆腐。——王二的熏烧摊每天要卖出很多回卤豆腐干,这豆腐干是自家做的。磨得了豆腐,就帮王二烧火。火光照得她的圆盘脸红红的。(附近的空气里弥漫着王二家飘出的五香味。)后来王二喂了一头小毛驴,她就不用围着磨盘转了,只要把小驴牵上磨,不时往磨眼里倒半碗豆子,注一点水就行了。省出时间,好做针线。一家四口,大裁小剪,很费功夫。两个孩子,大儿子长得像妈,圆乎乎的脸,两个眼睛笑起来一道缝。小女儿像父亲,瘦长脸,眼睛挺大。儿子念了几年私塾,能记账了,就不念了。他一天就是牵了小驴去饮,放它到草地上去打滚。到大了一点,就帮父亲洗料备料做生意,放驴的差事就归了妹妹了。

每天下午,在上学的孩子放学,人家淘晚饭米的时候,他就来摆他的摊子。他为什么选中保全堂来摆他的摊子呢?是因为这地点好,东街西街和附近几条巷子到这里都不远;因为保全堂的廊檐宽,柜台到铺门有相当的余地;还是因为这是一家药店,药店到晚上生意就比较清淡,——很少人晚上上药铺抓药的,他摆个摊子碍不着人家的买卖,都说不清。当初还一定是请人向药店的东家说了好话,亲自登门叩谢过的。反正,有年头了。他的摊子的全副"生财"——这地方把做买卖的用具叫做"生财",就寄放在药店店堂的后面过道里,挨墙放着,上面就是悬在二梁上的赵公元帅的神龛。这些"生财"包括两块长板,两条三条腿的高板凳,以及好几个一面装了玻璃的匣子。他把板凳支好,长板放平,玻璃匣子排开。这些玻璃匣子里装的是黑瓜子、白瓜子、盐炒豌豆、油炸豌豆、兰花豆、五香花生米。长板的一头摆开"熏烧"。"熏烧"除回卤豆腐干之外,主要是牛肉、蒲包肉和猪头肉。这地方一般人家是不大吃牛肉的。吃,也极少红烧、清炖,只是到熏烧摊子去买。这种牛肉是五香加盐煮好,外面染了通红的红曲,一大块一大块的堆在那里。买多少,现切,放在送过来的盘子里,抓一把青蒜,浇一勺辣椒糊。蒲包肉似乎是这个县里特有的。用一个三寸来长直径寸半的蒲包,里面衬上豆腐皮,塞满了加了粉子的碎肉,封了口,拦腰用一道麻绳系紧,成一个葫芦形。煮熟以后,倒出来,也是一个带有蒲包印迹的葫芦。切成片,很香。猪头肉则分门别类的卖,拱嘴、耳朵、脸子,——脸子有个专门名词,叫"大肥"。要什么,切什么。到了上灯以后,王二的生意就到了高潮。只见他拿了刀不停地切,一面还忙着收钱,包油炸的、盐炒的豌豆、瓜子,很少有歇一歇的时候。一直忙到九点多钟,在他的两盏高罩的煤油灯里煤油已经点去了一多半,装熏烧的盘子和装豌豆的匣子都已经见了底的时候，他媳妇给他送饭来了，他才用热水擦一把脸，吃晚饭。吃完晚饭，总还有一些零零星星的生意，他不忙收摊子，就端了一杯热茶，坐到保全堂店堂里的椅子上，听人聊天，一面拿眼睛瞟着他的摊子，见有人走来，就起身切一盘，包两包。他的主顾都是熟人，谁什么时候来，买什么，他心里都是有数的。

这一条街上的店铺、摆摊的，生意如何，彼此都很清楚。近几年，景况都不大好。有几家好一些，但也只是能维持。有的是逐渐地败落下来了。先是货架上的东西越来越空，只出不进，最后就出让"生财"，关门歇业。只有王二的生意却越做越兴旺。他的摊子越摆越大，装炒货的匣子，装熏烧的洋磁盘子，越来越多。每天晚上到了买卖高潮的时候，摊子外面有时会拥着好些人。好天气还好，遇上下雨下雪（下雨下雪买他的东西的比平常更多），叫主顾在当街打伞站着，实在很不过意。于是经人说合，出了租钱，他就把他的摊子搬到隔壁源昌烟店的店堂里去了。

源昌烟店是个老字号，专卖旱烟，做门市，也做批发。一边是柜台，一边是刨烟的作坊。这一带抽的旱烟是刨成丝的。刨烟师傅把烟叶子一张一张立着迭在一个特制的木床子上,用皮绳木楔卡紧,两腿夹着床子,用一个刨刃有半尺宽的大刨子刨。烟是黄的。他们都穿了白布套裤。这套裤也都变黄了。下了工,脱了套裤,他们身上也到处是黄的。头发也是黄的。——手艺人都带着他那个行业特有的颜色。染坊师傅的指甲缝里都是蓝的,碾米师傅的眉毛总是白蒙蒙的。原来,源昌号每天有四个师傅、四副床子刨烟。每天总有一些大人孩子站在旁边看。后来减成三个,两个,一个。最后连这一个也辞了。这家的东家就靠卖一点纸烟、火柴、零包的茶叶维持生活,也还卖一点趸来的旱烟、皮丝烟。不知道为什么,原来挺敞亮的店堂变得黑暗了,牌匾上的金字也都无精打采了。那座柜台显得特别的大。大,而空。

王二来了,就占了半边店堂,就是原来刨烟师傅刨烟的地方。他的摊子原来在保全堂廊檐是东西向横放着的,迁到源昌,就改成南北向,直放了。所以,已经不能算是一个摊子,而是半个店铺了。他在原有的板子之外增加了一块,摆成一个曲尺形,俨然也就是一个柜台。他所卖的东西的品种也增加了。即以熏烧而论,除了原有的回卤豆腐干、牛肉、猪头肉、蒲包肉之外,春天,卖一种叫做"鵽"的野味,——这是一种候鸟,长嘴长脚,因为是桃花开时来的,不知是哪位文人雅士给它起了一个名称叫"桃花鵽";卖鹌鹑;入冬以后,他就挂起一个长条形的玻璃镜框,里面用大红蜡笺写了泥金字:"即日起新添美味羊糕五香兔肉"。这地方人没有自己家里做羊肉的,都是从熏烧摊上买。只有一种吃法:带皮白煮,冻实,切片,加青蒜、辣椒糊,还有一把必不可少的胡萝卜丝(据说这是最能解膻气的)。酱油、醋,买回来自己加。兔肉,也像牛肉似的加盐和五香煮,染了通红的红曲。

这条街上过年时的春联是各式各样的。有的是特制嵌了字号的。比如保全堂,就是由该店拔贡出身的东家拟制的"保我黎民,全登寿域";有些大字号,比如布店,口气很大,贴的是"生涯宗子贡,贸易效陶朱",最常见的是"生意兴隆通四海,财源茂盛达三江";小本经营的买卖则很谦虚地写出:"生意三春草,财源雨后花"。这末一副春联,用于王二的超摊子准铺子,真是再贴切不过了,虽然王二并没有想到贴这样一副春联,——他也没处贴呀,这铺面的字号还是"源昌"。他的生意真是三春草、雨后花一样的起来了。"起来"最显眼的标志是他把长罩煤油灯撤掉,挂起一盏呼呼作响的汽灯。须知,汽灯这东西只有钱庄、绸缎庄才用,而王二,居然在一个熏烧摊子的上面,挂起来了。这白亮白亮的汽灯,越显得源昌柜台里的一盏煤油灯十分的暗淡了。

王二的发达,是从他的生活也看得出来的。第一,他可以自由地去听书。王二最爱听书。走到街上,在形形色色招贴告示中间,他最注意的是说书的报条。那是三寸宽,四尺来长的一条黄颜色的纸,浓墨写道:"特聘维扬×××先生在×××(茶馆)开讲××(三国、水浒、岳传……)是×月×日起风雨无阻"。以前去听书都要经过考虑。一是花钱,二是费时间,更主要的是考虑这于他的身份不大相称:一个卖熏烧的,常常听书,怕人议论。近年来,他觉得可以了,想听就去。小蓬莱、五柳园(这都是说书的茶馆),都去,三国、水浒、岳传,都听。尤其是夏天,天长,穿了竹布的或夏布的长衫,拿了一吊钱,就去了。下午的书一点开书,不到四点钟就"明日请早"了(这里说书的规矩是在说书先生说到预定的地方,留下一个扣子,跑堂的茶房高喝一声"明日请早——!"听客们就纷纷起身散场),这耽误不了他的生意。他一天忙到晚,只有这一段时间得空。第二,过年推牌九,他在下注时不犹豫。王二平常绝不赌钱,只有过年赌五天。过年赌钱不犯禁,家家店铺里都可赌钱。初一起,不做生意,铺门关起来,里面黑洞洞的。保全堂柜台里身,有一个小穿堂,是供神农祖师的地方,上面有个天窗,比较亮堂。拉开神农画像前的一张方桌,哗啦一声,骨牌和骰子就倒出来了。打麻将多是社会地位相近的,推牌九则不论。谁都可以来。保全堂的"同仁"(除了陶先生和陈相公),替人家收房钱的抡元,卖活鱼的疤眼——他曾得外症,治愈后左眼留一大疤,小学生给他起了个外号叫"巴颜喀拉山",这外号竟传开了,一街人都叫他巴颜喀拉山,虽然有人不知道这是什么意思,——王二。输赢说大不大,说小可也不小。十吊钱推一庄。十吊钱相当于三块洋钱。下注稍大的是一吊钱三三四。一吊钱分三道:三百、三百、四百。七点赢一道,八点赢两道,若是抓到一副九点或是天地杠,庄家赔一吊钱。王二下"三三四"是常事。有时竟会下到五吊钱一注孤丁,把五吊钱稳稳地推出去,心不跳,手不抖。(收房钱的抡元下到五百钱一注时手就抖个不住。)赢得多了,他也能上去推两庄。推牌九这玩意,财越大,气越粗,王二输的时候竟不多。

王二把他的买卖乔迁到隔壁源昌去了,但是每天九点以后他一定还是端了一杯茶到保全堂店堂里来坐个点把钟。儿子大了,晚上再来的零星生意,他一个人就可以应付了。

且说保全堂。

这是一家门面不大的药店。不知为什么,这药店的东家用人,不用本地人,从上到下,从管事的到挑水的,一律是淮城人。他们每年有一个月的假期,轮流回家,去干传宗接代的事。其余十一个月,都住在店里。他们的老婆就守十一个月的寡。药店的"同仁",一律称为"先生"。先生里分为几等。一等的是"管事",即经理。当了管事就是终身职务,很少听说过有东家把管事辞了的。除非老管事病故,才会延聘一位新管事。当了管事,就有"身股",或称"人股",到了年底可以按股分红。因此,他对生意是兢兢业业,忠心耿耿的。东家从不到店,管事负责一切。他照例一个人单独睡在神农像后面的一间屋子里,名叫"后柜"。总账、银钱、贵重的药材如犀角、羚羊、麝香,都锁在这间屋子里,钥匙在他身上,——人参、鹿茸不算什么贵重东西。吃饭的时候,管事总是坐在横头末席,以示代表东家奉陪诸位先生。熬到"管事"能有几人? 全城一共才有那么几家药店。保全堂的管事姓卢。二等的叫"刀上",管切药和"跌"丸药。药店每天都有很多药要切。"饮片"切得整齐不整齐,漂亮不漂亮,直接影响生意好坏。内行人一看,就知道这药是什么人切出来的。"刀上"是个技术人员,薪金最高,在店中地位也最尊。吃饭时他照例坐在上首的二席,——除了有客,头席总是虚着的。逢年过节,药王生日(药王不是神农氏,却是孙思邈),有酒,管事的举杯,必得"刀上"先喝一口,大家才喝。保全堂的"刀上"是全县头一把刀,他要是闹脾气辞职,马上就有别家抢着请他去。好在此人虽有点高傲,有点偎,却轻易不发脾气。他姓许。其余的都叫"同事"。那读法却有点特别,重音在"同"字上。他们的职务就是抓药,写账。"同事"是没有什么了不起的,每年都有被辞退的可能。辞退时"管事"并不说话,只是在腊月有一桌辞年酒,算是东家向"同仁"道一年的辛苦,只要是把哪位"同事"请到上席去,该"同事"就二话不说,客客气气地卷起铺盖另谋高就。当然,事前就从旁漏出一点风声的,并不当真是打一闷棍。该辞退"同事"在八月节后就有预感。有的早就和别家谈好,很潇洒地走了;有的则请人斡旋,留一年再看。后一种,总要作一点"检讨",下一点"保证"。"回炉的烧饼不香",辞而不去,面上无光,身价就低了。保全堂的陶先生,就已经有三次要被请到上席了。

他咳嗽痰喘,人也不精明。终于没有坐上席,一则是同行店伙纷纷来说情;辞了他,他上谁家去呢?谁家会要这样一个痰篓子呢?这岂非绝了他的生计?二则,他还有一点好处,即不回家。他四十多岁了,却没有传宗接代的任务,因为他没有娶过亲。这样,陶先生就只有更加勤勉,更加谨慎了。每逢他的喘病发作时,有人问:"陶先生,你这两天又不大好吧?"他就一面喘嗽着一面说:"啊不,很好,很(呼噜呼噜)好!"

以上,是"先生"一级。"先生"以下,是学生意的。药店管学生意的却有一个奇怪称呼,叫做"相公"。

因此,这药店除煮饭挑水的之外,实有四等人:"管事"、"刀上"、"同事"、"相公"。

保全堂的几位"相公"都已经过了三年零一节,满师走了。现有的"相公"姓陈。

陈相公脑袋大大的,眼睛圆圆的,嘴唇厚厚的,说话声气粗粗的——呜噜呜噜地说不清楚。

他一天的生活如下:起得比谁都早。起来就把"先生"们的尿壶都倒了涮干净控在厕所里。扫地。擦桌椅、擦柜台。到处掸土。开门。这地方的店铺大都是"铺闼子门",——一列宽可一尺的厚厚的门板嵌在门框和门槛的槽子里。陈相公就一块一块卸出来,按"东一"、"东二"、"东三"、"东四"、"西一"、"西二"、"西三"、"西四"次序,靠墙竖好。晒药,收药。太阳出来时,把许先生切好的"饮片"、"跌"好的丸药,——都放在匾筛里,用头顶着,爬上梯子,到屋顶的晒台上放好;傍晚时再收下来。这是他一天最快乐的时候。他可以登高四望。看得见许多店铺和人家的房顶,都是黑黑的。看得见远处的绿树,绿树后面缓缓移动的帆。看得见鸽子,看得见飘动摇摆的风筝。到了七月,傍晚,还可以看巧云。七月的云多变幻,当地叫做"巧云"。那是真好看呀:灰的、白的、黄的、橘红的,镶着金边,一会一个样,像狮子的,像老虎的,像马、像狗的。此时的陈相公,真是古人所说的"心旷神怡"。其余的时候,就很刻板枯燥了。碾药。两脚踏着木板,在一个船形的铁碾槽子里碾。倘若碾的是胡椒,就要不停地打嚏喷。裁纸。用一个大弯刀,把一沓一沓的白粉连纸裁成大小不等的方块,包药用。刷印包装纸。他每天还有两项例行的公事。上午,要搓很多抽水烟用的纸枚子。把装铜钱的钱板翻过来,用"表心纸"一根一根地搓。保全堂没有人抽水烟,但不知什么道理每天都要搓许多纸枚子,谁来都可取几根,这已经成了一种"传统"。下午,擦灯罩。药店里里外外,要用十来盏煤油灯。所有灯罩,每天都要擦一遍。晚上,摊膏药。从上灯起,直到王二过店堂里来闲坐,他一直都在摊膏药。到十点多钟,把先生们的尿壶都放到他们的床下,该吹灭的灯都吹灭了,上了门,他就可以准备睡觉了。先生们都睡在后面的厢屋里,陈相公睡在店堂里。把铺板一放,铺盖摊开,这就是他一个人的天地了。临睡前他总要背两篇《汤头歌诀》,——药店的先生总要懂一点医道。小户人家有病不求医,到药店来说明病状,先生们随口就要说出:"吃一剂小柴胡汤吧","服三服藿香正气丸","上一点七厘散"。有时,坐在被窝里想一会家,想想他的多年守寡的母亲,想想他家房门背后的一张贴了多年的麒麟送子的年画。想不一会,困了,把脑袋放倒,立刻就响起了很大的鼾声。

陈相公已经学了一年多生意了。他已经给赵公元帅和神农爷烧了三十次香。初一、十五,都要给这二位烧香,这照例是陈相公的事。赵公元帅手执金鞭,身骑黑虎,两旁有一副八寸长的小对联:"手执金鞭驱宝至,身骑黑虎送财来"。神农爷虬髯披发,赤身露体,腰里围着一圈很大的树叶,手指甲、脚指甲都很长,一只手捏着一棵灵芝草,坐在一块石头上。陈相公对这二位看得很熟,烧香的时候很虔敬。

陈相公老是挨打。学生意没有不挨打的,陈相公挨打的次数也似稍多了一点。挨打的原因大都是因为做错了事:纸裁歪了,灯罩擦破了。这孩子也好像不大聪明,记性不好,做事迟钝。打他的多是卢先生。卢先生不是暴脾气,打他是为他好,要他成人。有一次可挨了大打。他收药,下梯一脚踩空了,把一匾筛泽泻翻到了阴沟里。这回打他的是许先生。他用一根闩门的木棍没头没脸的把他痛打了一顿,打得这孩子哇哇地乱叫:"哎呀!哎呀!我下回不了!下回不了!哎呀!哎呀!我错了!哎呀!哎呀!"谁也不能去劝,因为知道许先生的脾气,越劝越打得凶,何况他这回的错是不小。后来还是煮饭的老朱来劝住了。这老朱来得比谁都早,人又出名的忠诚梗直。他从来没有正经吃过一顿饭,都是把大家吃剩的残汤剩水泡一点锅巴吃。因此,一店人都对他很敬畏。他一把夺过许先生手里的门闩,说了一句话:"他也是人生父母养的!"

陈相公挨了打,当时没敢哭。到了晚上,上了门,一个人呜呜地哭了半天。他向他远在故乡的母亲说:"妈妈,我又挨打了!妈妈,不要紧的,再挨两年打,我就能养活你老人家了!"

王二每天到保全堂店堂里来,是因为这里热闹。

别的店铺到九点多钟,就没有什么人,往往只有一个管事在算账,一个学徒在打盹。保全堂正是高朋满座的时候。这些先生都是无家可归的光棍,这时都聚集到店堂里来。还有几个常客,收房钱的抡元,卖活鱼的巴颜喀拉山,给人家熬鸦片烟的老炳,还有一个张汉。这张汉是对门万顺酱园连家的一个亲戚兼食客,全名是张汉轩,大家却都叫他张汉。此人有七十岁了,长得活脱像一个伏尔泰,一个尖尖的鼻子。他年轻时在外地做过幕,走过很多地方,见多识广,什么都知道,是个百事通。比如说抽烟,他就告诉你烟有五种:水、旱、鼻、雅、潮,"雅"是鸦片。"潮"是潮烟,这地方谁也没见过。说喝酒,他就能说出山东黄、状元红、莲花白……说喝茶,他就告诉你狮峰龙井、苏州的碧螺春,云南的"烤茶"是在怎样一个罐里烤的,福建的功夫茶的茶杯比酒盅还小,就是吃了一只炖肘子,也只能喝三杯,这茶太酽了。他熟读《子不语》、《夜雨秋灯录》,能讲许多鬼狐故事。他还知道云南怎样放蛊,湘西怎样赶尸。他还亲眼见到过旱魃、僵尸、狐狸精,有时间,有地点,有鼻子有眼。三教九流,医、卜、星、相,他全知道。他读过《麻衣神相》、《柳庄神相》,会算"奇门遁甲"、"六壬课"、"灵棋经"。他总要到快九点钟时才出现(白天不知道他干什么),他一来,大家精神为之一振,这一晚上就全听他一个人刮话。他很会讲,起承转合,抑扬顿挫,有声有色。他也像说书先生一样,说到节骨处就停住了,慢慢地抽烟,急得大家一劲地催他:"后来呢?后来呢?"这也是陈相公一天比较快乐的时候。他一边摊着膏药,一边听着。有时,听得太入神了,摊膏药的扦子停留在油纸上,会废掉一张膏药。他一发现,赶紧偷偷塞进口袋里。这时也不会被发现,不会挨打。

　　有一天,张汉谈起人生有命。说朱洪武、沈万山、范丹是同年同月同日同时,都是丑时建生,鸡鸣头遍。但是一声鸡叫,可就命分三等了:抬头朱洪武,低头沈万山,勾一勾就是穷范丹。朱洪武贵为天子,沈万山富甲天下,穷范丹冻饿而死。他又说凡是成大事业,有大作为,兴旺发达的,都有异相,或有特殊的禀赋。汉高祖刘邦,股有七十二黑子,——就是屁股上有七十二颗黑痣,谁有过?明太祖朱元璋,生就是五岳朝天,——两额、两颧、下巴,都突出,状如五岳,谁有过?樊哙能把一个整猪腿生吃下去,燕人张翼德,睡着了也睁着眼睛。就是市井之人,凡有走了一步好运的,也莫不有与众不同之处。必有非常之人,乃成非常之事。大家听了,不禁暗暗点头。

张汉猛吸了几口旱烟,忽然话锋一转,向王二道:

"即以王二而论,他这些年飞黄腾达,财源茂盛,也必有其异秉。"

"……?"

王二不解何为"异秉"。

"就是与众不同,和别人不一样的地方。你说说,你说说!"

大家也都怂恿王二:"说说!说说!"

王二虽然发了一点财,却随时不忘自己的身份,从不僭越自大,在大家敦促之下,只有很诚恳地欠一欠身说:

"我呀,有那么一点:大小解分清。"他怕大家不懂,又解释道:"我解手时,总是先解小手,后解大手。"

张汉一听,拍了一下手,说:"就是说,不是屎尿一起来,难得!"

说着,已经过了十点半了,大家起身道别。该上门了。卢先生向柜台里一看,陈相公不见了,就大声喊:"陈相公!"

喊了几声,没人应声。

原来陈相公在厕所里。这是陶先生发现的。他一头走进厕所,发现陈相公已经蹲在那里。本来,这时候都不是他们俩解大手的时候。

> 一九四八年旧稿
> 一九八〇年五月二十日重写

职　业

文林街一年四季,从早到晚,有各种吆喝叫卖的声音。街上的居民铺户、大人小孩、大学生、中学生、小学生、小教堂的牧师,和这些叫卖的人自己,都听得很熟了。

"有旧衣烂衫找来卖!"

我一辈子也没有听见过这么脆的嗓子,就像一个牙口极好的人咬着一个脆萝卜似的。这是一个中年的女人,专收旧衣烂衫。她这一声真能喝得千门万户开,声音很高,拉得很长,一口气。她把"有"字切成了"——尤",破空而来,传得很远(她的声音能传半条街)。"旧衣烂衫"稍稍延长,"卖"字有余不尽:

"——尤旧衣烂衫……找来卖……"

"有人买贵州遵义板桥的化风丹……?"

我从此人的吆喝中知道了一个一般地理书上所不载的地名:板桥,而且永远也忘不了,因为我每天要听好几次。板桥大概是一个镇吧,想来还不小。不过它之出名可能就因为出一种叫化风丹的东西。化风丹大概是一种药吧？这药是治什么病的？我无端地觉得这大概是治小儿惊风的。昆明这地方一年能销多少化风丹？我好像只看见这人走来走去，吆喝着，没有见有人买过他的化风丹。当然会有人买的，否则他吆喝干什么。这位贵州老乡，你想必是板桥的人了，你为什么总在昆明呆着呢？你有时也回老家看看么？

黄昏以后，直至夜深，就有一个极其低沉苍老的声音，很悲凉地喊着：

"壁虱药！虼蚤药！"

壁虱即臭虫。昆明的跳蚤也是真多。他这时候出来吆卖是有道理的。白天大家都忙着，不到快挨咬，或已经挨咬的时候，想不起买壁虱药、虼蚤药。

有时有苗族的少女卖杨梅、卖玉麦粑粑。

"卖杨梅——！"

"玉麦粑粑——！"

她们都是苗家打扮，戴一个绣花小帽子，头发梳得光光的，衣服干干净净的，都长得很秀气。她们卖的杨梅很大，颜色红得发黑，叫做"火炭梅"，放在竹篮里，下面衬着新鲜的绿叶。玉麦粑粑是嫩玉米磨制成的粑粑（昆明人叫玉米为包谷，苗人叫玉麦），下一点盐，蒸熟(蒸出后粑粑上还明显地保留着拍制时的手指印痕),包在玉米的嫩皮里,味道清香清香的。这些苗族女孩子把山里的夏天和初秋带到了昆明的街头了。

…………

在这些耳熟的叫卖声中,还有一种,是:

"椒盐饼子西洋糕!"

椒盐饼子,名副其实:发面饼,里面和了一点椒盐,一边稍厚,一边稍薄,形状像一把老式的木梳,是在铛上烙出来的,有一点油性,颜色黄黄的。西洋糕即发糕,米面蒸成,状如莲蓬,大小亦如之,有一点淡淡的甜味。放的是糖精,不是糖。这东西和"西洋"可以说是毫无瓜葛,不知道何以命名曰"西洋糕"。这两种食品都不怎么诱人。淡而无味,虚泡不实。买椒盐饼子的多半是老头,他们穿着土布衣裳,喝着大叶清茶,抽金堂叶子烟,泛览周王传,流观山海图,一边嚼着这种古式的点心,自得其乐。西洋糕则多是老太太叫住,买给她的小孙子吃。这玩意好消化,不伤人,下肚没多少东西。当然也有其他的人买了充饥,比如拉车的,赶马的马锅头①,在茶馆里打扬琴说书的瞎子……

---

① 马锅头是马帮的赶马人。不知道为什么叫马锅头。

卖椒盐饼子西洋糕的是一个孩子。他斜挎着一个腰圆形的扁浅木盆,饼子和糕分别放在木盆两侧,上面盖一层白布,白布上放一饼一糕作为幌子,从早到晚,穿街过巷,吆喝着:

"椒盐饼子西洋糕!"

这孩子也就是十一二岁,如果上学,该是小学五六年级。但是他没有上过学。

我从侧面约略知道这孩子的身世。非常简单。他是个孤儿,父亲死得早。母亲给人家洗衣服。他还有个外婆,在大西门外摆一个茶摊卖茶,卖葵花子,他外婆还会给人刮痧、放血、拔罐子,这也能得一点钱。他长大了,得自己挣饭吃。母亲托人求了糕点铺的杨老板,他就作了糕点铺的小伙计。晚上发面,天一亮就起来烧火,帮师傅蒸糕、打饼,白天挎着木盆去卖。

"椒盐饼子西洋糕!"

这孩子是个小大人!他非常尽职,毫不贪玩。遇有唱花灯的、耍猴的、耍木脑壳戏的,他从不挤进人群去看,只是找一个有荫凉、引人注意的地方站着,高声吆喝:

"椒盐饼子西洋糕!"

每天下午,在华山西路、逼死坡前要过龙云的马。

这些马每天由马夫牵到郊外去蹓,放了青,饮了水,再牵回来。他每天都是这时经过逼死坡(据说这是明永历帝被逼死的地方),他很爱看这些马。黑马、青马、枣红马。有一匹白马,真是一条龙,高腿狭面,长腰秀颈,雪白雪白。它总不好好走路。马夫拽着它的嚼子,它总是骠骠骎骎的。钉了蹄铁的马蹄踏在石板上,郭答郭答。他站在路边看不厌,但是他没有忘记吆喝:

"椒盐饼子西洋糕!"

饼子和糕卖给谁呢?卖给这些马吗?

他吆喝得很好听,有腔有调。若是谱出来,就是:

| # 5 5 6 - - | 5 3 $\widehat{2}$ - - ‖
　椒盐饼子　　　西洋糕

放了学的孩子(他们背着书包),也觉得他吆喝得好听,爱学他。但是他们把字眼改了,变成了:

| # 5 5 6 - - | 5 3 $\widehat{2}$ - - ‖
　捏着鼻子　　　吹洋号

昆明人读"饼"字不走鼻音,"饼子"和"鼻子"很相近。他在前面吆喝,孩子们在他身后摹仿:

"捏着鼻子吹洋号!"

这又不含什么恶意,他并不发急生气,爱学就学吧。这些上学的孩子比卖糕饼的孩子要小两三岁,他们大都吃过他的椒盐饼子西洋糕。他们长大了,还会想起这个"捏着鼻子吹洋号",俨然这就是卖糕饼的小大人的名字。

这一天,上午十一点钟光景,我在一条巷子里看见他在前面走。这是一条很长的、僻静的巷子。穿过这条巷子,便是城墙,往左一拐,不远就是大西门了。我知道今天是他外婆的生日,他是上外婆家吃饭去的(外婆大概炖了肉)。他妈已经先去了。他跟杨老板请了几个小时的假,把卖剩的糕饼交回到柜上,才去。虽然只是背影,但看得出他新剃了头(这孩子长得不难看,大眼睛,样子挺聪明),换了一身干净衣裳。我第一次看到这孩子没有挎着浅盆,散着手走着,觉得很新鲜。他高高兴兴,大摇大摆地走着。忽然回过头来看看。他看到巷子里没有人(他没有看见我,我去看一个朋友,正在倚门站着),忽然大声地、清清楚楚地吆喝了一声:

"捏着鼻子吹洋号!……"

(这是三十多年前在昆明写过的一篇旧作,原稿已失去。前年和去年都改写过,这一次是第三次重写了。一九八二年六月二十九日记)

羊舍一夕

——又名:四个孩子和一个夜晚

一、夜　晚

火车过来了。

"216！往北京的上行车。"老九说。

于是他们放下手里的工作,一起听火车。老九和小吕都好像看见:先是一个雪亮的大灯,亮得叫人眼睛发胀。大灯好像在拼命地往外冒光,而且冒着汽,嗤嗤地响。乌黑的铁,铮黄的铜。然后是绿色的车身,排山倒海地冲过来。车窗蜜黄色的灯光连续地映在果园东边的树墙子上,一方块,一方块,川流不息地追赶着……每回看到灯光那样猛烈地从树墙子上刮过去,你总觉得会刮下满地枝叶来似的。可是火车一过,还是那样:树墙子显得格外的安详,格外的绿。真怪。

这些,老九和小吕都太熟悉了。夏天,他们睡得晚,老是到路口去看火车。可现在是冬天了。那么,现在是什么样子呢?小吕想象,灯光一定会从树墙子的枝叶空隙处漏进来,落到果园的地面上来吧。可能!他想象着那灯光映在大梨树地间作的葱地里,照着一地的大葱蓬松的,干的,发白的叶子……

车轮的声音逐渐模糊成为一片,像刮过一阵大风一样,过去了。

"十点四十七。"老九说。老九在附近山头上放了好几年羊了,他知道每一趟火车的时刻。

留孩说:"贵甲哥怎么还不回来?"

老九说:"他又排戏去了,一定回来得晚。"

小吕说:"这是什么奶哥!奶弟来了也不陪着,昨天是找羊,今天又去排戏!"

留孩说:"没关系,以后我们就常在一起了。"

老九说:"咱们烧山药吃,一边说话,一边等他。小吕,不是还有一包高山顶①吗?坐上!外屋缸里还有没有水?"

"有!"

于是三个人一起动手:小吕拿沙锅舀了多半锅水,抓起一把高山顶来撮在里面。这是老九放羊时摘来

---

① 一种野生植物,可以当茶喝。

的。老九从麻袋里掏山药——他们在山坡上自己种的。留孩把炉子通了通,又加了点煤。

屋里一顺排了五张木床,联成一个大炕。一张是张士林的,他到狼山给场里去买果树苗子去了。隔壁还有一间小屋,锅灶俱全,是老羊倌住的。老羊倌请了假,看他的孙子去了。今天这里只剩下四个孩子:他们三个,和那个正在排戏的。

屋里有一盏自造的煤油灯——老九用墨水瓶子改造的,一个炉子。外边还有一间空屋,是个农具仓库,放着硫铵、石灰、DDT、铁桶、木叉、喷雾器……外屋门插着。门外,右边是羊圈,里边卧着四百只羊;前边是果园,什么都没有了,只剩下一点葱,还有一堆没有窖好的蔓菁。现在什么也看不见,外边是无边的昏黑。方圆左近,就只有这个半山坡上有一点点亮光。夜,正在深浓起来。

二、小 吕

小吕是果园的小工。这孩子长得清清秀秀的。原在本堡念小学。念到六年级了,忽然跟他参说不想念了,要到农场做活去。他爹想:农场里能学技术,也能学文化,就同意了。后来才知道,他还有个心思。他有个哥哥,在念高中,还有个妹妹,也在上学。他爹在一个医院里当炊事员。他见他爹张罗着给他们交费,买书,有时要去跟工会借钱,他就决定了:我去作活,这样就是两个人养活五个人,我哥能够念多高就让他念多高。

这样,他就到农场里来做活了。他用一个牙刷把子,截断了,一头磨平,刻了一个小手章:吕志国。每回领了工资,除了伙食、零用(买个学习本,配两节电池……),全部交给他爹。有一次,不知怎么弄的(其实是因为他从场里给家里买了不少东西:菜,果子),拿回去的只有一块五毛钱。他爹接过来,笑笑说:

"这就是两个人养活五个人吗?"

吕志国的脸红了。他知道他偶然跟同志们说过的话传到他爹那里去了。他爹并不是责怪他,这句嘲笑的话里含着疼爱。他爹想:困难是有一点的,哪里就过不去呢? 这孩子! 究竟走怎样一条路好:继续上学? 还是让他在这个农场里长大起来?

小吕已经在农场里长大起来了。在菜园干了半年,后来调到果园,也都半年了。

在菜园里,他干得不坏,组长说他学得很快,就是有点贪玩。调他来果园时,征求过他本人的意见,他像一个成年的大工一样,很爽快地说:"行!在哪里干活还不是一样。"乍一到果园时,他什么都不摸头,不大插得上手,有点别扭。但没过多久,他就发现,原来果园对他说来是个更合适的地方。果园里有许多活,大工来做有点窝工,一般女工又做不了,正需要一个伶俐的小工。登上高凳,爬上树顶,绑老架的葡萄条,果树摘心,套纸袋,捉金龟子,用一个小铁丝钩疏虫果,接了长长的竿子喷射天蓝色的波尔多液……在明丽的阳光和葱茏的绿叶当中做这些事,既是严肃的工作,又是轻松的游戏,既"起了作用",又很好玩,实在叫人快乐。这样的活,对于一个十四岁的孩子,不论在身体上、情绪上,都非常相投。

小吕很快就对果园的角角落落都熟悉了。他知道所有果木品种的名字:金冠、黄奎、元帅、国光、红玉、祝;烟台梨、明月、二十世纪;蜜肠、日面红、秋梨、鸭梨、木头梨;白香蕉、柔丁香、老虎眼、大粒白、秋紫、金铃、玫瑰香、沙巴尔、黑汗、巴勒斯坦、白拿破仑……而且准确地知道每一棵果树的位置。有时组长给一个调来不久的工人布置一件工作,一下子不容易说清那地方,小吕在旁边,就说:"去!小吕,你带他去,告诉他!"小吕有一件大红的球衣,干活时他喜欢把外面的衣裳脱去,于是,在果园里就经常看见通红的一团,轻快地、兴冲冲地弹跳出没于高高低低、深深浅浅的丛绿之中,惹得过路的人看了,眼睛里也不由得漾出笑意,觉得天色也明朗,风吹得也舒服。

　　小吕这就真算是果园的人了。他一回家就是说他的果园。他娘、他妹妹都知道,果园有了多少年了,有多少棵树,单葡萄就有八十多种,好多都是外国来的。葡萄还给毛主席送去过。有个大干部要路过这里,毛主席跟他说:"你要过沙岭子,那里葡萄很好啊!"毛主席都知道的。果园里有些什么人,她们也都清清楚楚的了,大老张、二老张、大老刘、陈素花、恽美兰……还有个张士林!连这些人的家里的情形,他们有什么能耐,她们也都明明白白。连他爹对果园熟悉得也不下于他所在的医院了。他爹还特为上农场来看过他儿子常常叨念的那个年轻人张士林。他哥放暑假回来,第二天,他就拉他哥爬到孤山顶上去,指给他哥看:

　　"你看,你看!我们的果园多好看!一行一行的果树,一架一架的葡萄,整整齐齐,那么大一片,就跟画报上的一样,电影上的一样!"

小吕原来在家里住。七月,果子大起来了,需要有人下夜护秋。组长照例开个会,征求大家的意见。小吕说,他愿意搬来住。一来夏天到秋天是果园最好的时候。满树满挂的果子,都着了色,发出香气,弄得果园的空气都是甜甜的,闻着都醉人。这时节小吕总是那么兴奋,话也多,说话的声音也大,好像家里在办喜事似的。二来是,下夜,睡在窝棚里,铺着稻草,星星,又大又蓝的天,野兔子窜来窜去,鸱鸱悠①叫,还可能有狼!这非常有趣。张士林曾经笑他:"这小子,浪漫主义!"还有,搬过来,他可以和张士林在一起,日夜都在一起。

他很佩服张士林。曾经特为去照了一张相,送给张士林,在背面写道:"给敬爱的士林同志!"他用的字眼是充满真实的意思的。他佩服张士林那么年轻,才十九岁,就对果树懂得那么多。不论是修剪,是嫁接,都拿得起来,而且能讲一套。有一次林业学校的学生来参观,由他领着给他们讲,讲的那些学生一楞一楞的,不停地拿笔记本子记。领队的教员后来问张士林:"同志,你在什么学校学习过?"张士林说:"我上过高

---

① 鸱鸱悠即猫头鹰。

小。我们家世代都是果农,我是在果树林里长大的。"他佩服张士林说玩就玩,说看书就看书,看那么厚的,比一块城砖还厚的《果树栽培学各论》。佩服张士林能文能武,正跟场里的技术员合作搞试验,培养葡萄抗寒品种,每天拿个讲义夹子记载。佩服张士林能"代表"场里出去办事。采花粉呀,交换苗木呀……每逢张士林从场长办公室拿了介绍信,背上他的挎包,由宿舍走到火车站去,他就在心里非常羡慕。他说张士林是去当"大使"去了。小张一回来,他看见了,总是连蹦带跳地跑到路口去,一面接过小张的挎包,一面说:"嗬!大使回来了!"

他愿意自己也像一个真正的果园技工。可是自己觉得不像。缺少两样东西:一样是树剪子。这里凡是固定在果园做活的,每人都有一把树剪子,装在皮套子里,挎在裤腰带后面,远看像支伯朗宁手枪。他多希望也有一把呀,走出走进——赫!可是他没有。他也有使树剪子的时候。大的手术他不敢动,比如矫正树形,把一个茶杯口粗细的枝丫截掉,他没有那么大的胆子。像是丁个头什么的,这他可不含糊,拿起剪子叭叭地剪。只是他并不老使树剪子,因此没有他专用的,要用就到小仓库架子上去拿"官中"剪子。这不带劲!"官中"的玩意儿总是那么没味道,而且,当然总是,不那么好使。净"塞牙",不快,费那么大劲,还剪不断。看起来倒像是你不会使剪子似的!气人。

组长大老张见小吕剪两下看看他那剪子,剪两下看看他那剪子,心里发笑。有一天,从他的锁着的柜子里拿出一把全新的苏式树剪,叫:"小吕!过来!这把剪子交给你,由你自己使:钝了自己磨,坏了自己修,绷簧掉了——跟公家领,可别老把绷簧搞丢了。小人小马小刀枪,正合适!"周围的人都笑了:因为这把剪子特别轻巧,特别小。小吕这可高了兴,十分得意地说:"做啥像啥,卖啥吆喝啥嘛!"这算了了一桩心事。

自从有了这把剪子,他真是一日三摩挲。除了晚上脱衣服上床才解下来,一天不离身。没事就把剪子拆开来,用砂纸打磨得铮亮,拿在手里都是精滑的。

今天晚上没事,他又打磨他的剪子了,在216次火车过去以前,一直在细细地磨。磨完了,涂上一层凡士林,用一块布包起来——明年再用。葡萄条已经铰完,今年不再有使剪子的活了。

另外一样,是嫁接刀。他想明年自己就先练习削树码子,练得熟熟的,像大老刘一样!也不用公家的刀,自己买。用惯了,趁手。他合计好了:把那把双箭牌塑料把的小刀卖去,已经说好了,猪倌小白要。打一个八折。原价一块六,六八四十八,八得八,一块二毛八。再贴一块钱,就可以买一把上等的角柄嫁接刀!他准备明天就去托黄技师,黄技师两三天就要上北京。

三、老　九

老九用四根油浸过的细皮条编一条一根葱的鞭子。这是一种很难的编法,四股皮条,这么绕来绕去的,一走神,就错了花,就拧成麻花要子了。老九就这么聚精会神地绕着,一面舔着他的舌头。绕一下,把舌头用力向嘴唇外边舔一下,绕一下,舔一下。有时忽然"唔!"的一声,那就是绕错了花了,于是拆掉重来。他的确是用的劲儿不小,一根鞭子,道道花一般紧,地道活计!编完了,从墙上把那根旧鞭子取下来,拆掉皮哨,把新鞭哨结在那个楸子木刨出来的又重又硬又光滑的鞭杆子上,还挂在原来的地方。

可是这根鞭子他自己是用不成了。

老九算是这个场子里的世袭工人。他爹在场里赶大车,又是个扶耧的好手。他穿着开裆裤的时候,就在场里到处乱钻。使砖头砸杏儿、摘果子、偷萝卜、刨甜菜,都有他。稍大一点,能做点事了,就什么也做,放鸭子,喂小牛,搓玉米,锄豆埂……最近三年正式固定在羊舍,当"羊伴子"——小羊倌。老九是土生土长(小吕家是从外地搬来的),这一带地方,不论是哪个山豁豁,渠坳坳,他都去过,用他自己的说法是"尿尿都尿遍了"。这一带的人,不问老少男女,也无不知道有个秦老九。每天早起,日头上来,露水稍干的时候,只要听见:

蓝蓝的天上白云飘,
白云下边马儿跑……

就知是老九来了。——这孩子,生了一副上低音的宽嗓子!他每天把羊从圈里放出来,上了路,走在羊群前面,一定是唱这一支歌。一挥鞭子:

挥动鞭儿响四方——
百鸟齐飞翔……

矮粗矮粗的个子,方头大脸,黑眉毛大眼睛,大嘴,大脚。老九这双鞋也是奇怪,实纳帮,厚布底,满底钉了扁头铁钉,还特别大,走起来忒楞忒楞地响。一摇一晃的,来了!后面是四百只白花花的,挨挨挤挤,颤颤游游的羊,无数的小蹄子踏在地上,走过去像下了一阵暴雨。

老九发育得快,看样子比小吕魁伟壮实得多,像个小大人了。可是,有一次,他拿了家里的碗去食堂买饭,那碗可跟食堂的碗一样,恰好食堂里这两天丢了几个碗,管理员看见了,就说是食堂的,并且大声宣告"秦老九偷了食堂的碗!"老九把脸涨得通红,一句话说不出,忽然嚎叫起来:

"我×你妈!"

一面毫不克制地咧开大嘴哇哇地哭起来,使得一食堂的人都喝吼起来:

"喤噫,不兴骂人!"

"有话慢慢说,别哭!"

老九要是到了一个新地方,在一个新单位,做了真正的"工人",若是又受了点委屈,觉得自尊心受了损伤,还会这样哭,这样破口骂人么?

老九真的要走了,要去当炼钢工人去了。他有个舅舅,在第二炼钢厂当工人,早就设法让老九进厂去学徒,他爹也愿意。有人问老九:

"老九,你咋啦,你不放羊了么?"

这叫老九很难回答。谁都知道炼钢好,光荣,工人阶级是老大哥。但是放羊呢?他就说:

"我爹不愿意我放羊,他说放羊不好。"

他也竭力想同意他爹的看法,说:

"放羊不好,把人都放懒了,啥也不会!"

其实他心里一点也不同意! 如果这话要是别人说的,他会第一个起来大声反驳:"你瞎说! 你凭什么!"

放羊? 嘿——

每天早起,打开羊圈门,把羊放出来。挥着鞭子,打着唿哨,嘴里"嗄! 嗄!"地喝唤着,赶着羊上了路。按照老羊倌的嘱咐,上哪一座山。到了坡上,把羊打开,一放一个满天星——都匀匀地撒开;或者凤凰单展翅——顺着山坡,斜斜地上去,走成一长溜。羊安安驯驯地吃开草,就不用操什么心了。羊群缓缓地往前推移,远看,像一片云彩在坡上流动。天也蓝,山也绿,洋河的水在树林子后面白亮白亮的。农场的房屋、果树,都看得清清楚楚。一列一列的火车过来过去,看起来又精巧又灵活,简直不像是那么大的玩意。真好呀,你觉得心都轻飘飘的。

"放羊不是艺,笨工子下不地!①"不会放羊的,打都打不开。羊老是恋成一疙瘩,挤成一堆,走不成阵

---

① "笨工子"是外行。"下不地"是说应付不了。

势,吃不好草。老九刚放羊时,也是这样。老九蹦过来,追过去,累得满头大汗,心里急咚咚地跳,还是弄不好!有一次,老羊倌病了,就他跟丁贵甲两个人上山,丁贵甲也还没什么经验,竟至弄得羊散了群,几乎下不了山。现在,老羊倌根本不怎么上山了,他俩也满对付得了这四百只羊了。问老九:"放羊是咋放法?"他也说不出,但是他会告诉你老羊倌说过的:看羊群一走,就知道这羊倌放了几年羊了。

放羊的能吃到好东西。山上有野兔子,一个有六七斤重。有石鸡子,有半鸠子。石鸡子跟小野鸡似的,一个准有十两肉。半鸠子一个准是半斤。你听:"呱格丹,呱格丹!呱格丹!"那是母石鸡子唤她汉子了。你不要忙,等着,不大一会,就听见对面山上"呱呱呱呱呱呱……",你轻手轻脚地去,一捉就是一对。山上还有鸪鸪子,就是野鸽子。"天鹅、地鹧,鸽子肉、黄鼠",这是上讲究的。鸪鸪肉比鸽子还好吃。黄鼠也有,不过滩里更多。放羊的吃肉,只有一种办法:和点泥,把打住的野物糊起来,拾一把柴架起火来,烧熟。真香!山上有酸枣,有榛子,有椐林,有红姑蔫,有酸溜溜,有梭瓜瓜,有各色各样的野果。大北滩有一片大桑树林子,夏天结了满树的大桑椹,也没有人去采,落在地下,把地皮都染紫了。每回放羊回来经过,一定是"饱餐一顿",吃得嘴唇、牙齿、舌头,都是紫的,真过瘾!……

放羊苦么?

咋不苦!最苦是夏天。羊一年上不上膘,全看夏天吃草吃得好不好。夏天放羊,又全靠晌午。"打柴一日,放羊一晌"。早起的露水草,羊吃了不好。要上膘,要不得病,就得吃太阳晒过的蔫筋草。可是这时正是最热的时候。不好找个荫凉地方躲着么?不行啊!你怕热,羊也怕热哩,它不给你好好地吃!它也躲荫凉。你看:都把头埋下来,挤成一疙瘩,净想躲在别的羊的影子里,往别个的肚子底下钻。这你就得不停地打。打散了,它就吃草了。可是打散了,一会会,它又挤到一块去!打散了,一会会,它又挤到一块去了。你想休息?甭想。一夏天这么大太阳晒着,烧得你嘴唇、上颚都是烂的!

真渴呀。这会,农场里给预备了行军壶,自然是好了。若是在旧社会,给地主家放羊,他不给你带水。给你一袋炒面,你就上山吧!你一个人,又不敢走远了去弄水,狼把羊吃了怎办?渴急了,就只好自己喝自己的尿。这在放羊的不是稀罕事。老羊倌就喝过,丁贵甲小时当小羊伴子,也喝过,老九没喝过。不过他知道这些事。就是有行军壶,你也不敢多喝。若是敞开来,由着性儿喝,好家伙,那得多少水? 只好抿一点儿,抿一点儿,叫嗓子眼潮润一下就行。

好天还好说,就怕刮风下雨。刮风下雨也好说,就怕下雹子。老九就遇上过。有一回,在马脊梁山,遇了一场大雹子! 下了足有二十分钟,足有鸡蛋大。砸得一群羊惊惶失措,满山乱跑,咩咩地叫成一片。砸坏了二三十只,跛了腿,起不来了。后来是老羊倌、丁贵甲和老九一趟一趟地抱回来的。吓得老九那天沉不住了,脸上一阵白,一阵紫,他觉得透不出气来。不是老羊倌把他那个竹皮大斗笠给他盖住,又给他喝了几口他带在身上的白酒,说不定就回不来啦。

但是这些,从来也没有使老九告过孬,发过怵。他现在回想起来倒都觉得很痛快,很甜蜜,很幸福。他甚至觉得遇上那场雹子是运气。这使他觉得生活丰富、充实,使他觉得自己能够算得上是一个有资格,有经验的羊倌了,是个见识过的,干过一点事情的人了,不再是只知道要窝窝吃的毛孩子了。这些,苦热、苦渴、风雨、冷雹,将和那些蓝天、白云、绿山、白羊、石鸡、野兔、酸枣、桑椹互相融和调合起来,变成一幅浓郁鲜明的图画,永远记述着秦老九的十五岁的少年的光阴,日后使他在不同的环境中还会常常回想。他从这里得到多少有用的生活的技能和知识,受了多好的陶冶和锻炼啊。这些,在他将来炼钢的时候,或者履行着别样的职务时,都还会在他的血液里涌泆,给予他持续的力量。

但是他的情绪日渐向往于炼钢了。他在电影里,在招贴画上,看过不少炼钢的工人,他的关于炼钢的知识和印象也就限于这些。他不止一次设想自己下一个阶段的样子——一个炼钢工人:戴一顶大八角鸭舌帽,帽舌下有一副蓝颜色的像两扇小窗户一样的眼镜,穿着水龙布的工作服——他不知那是什么布,只觉得很厚,很粗,场子里有水泵,水泵上用的管子也是用布做的,也很厚,很粗,他以为工作服就是那种布——戴了很大很大的手套,拿着一个很长的后面有个大圈的铁家伙……没人的时候,他站在床上,拿着小吕护秋用的标枪,比划着,比划着。他觉得前面,偏左一点,是炼钢的炉子,轰隆轰隆的熊熊的大火。他觉得火光灼着他的眼睛,甚至感觉得到他左边的额头和脸颊上明明有火的热度。他的眼睛眯细起来,眯细起来……他出神地体验着,半天,半天,一动也不动。果园的大老张一头闯进来,看见老九脸上的古怪表情(姿势赶快就改了,标枪也撂了,可是脸上没有来得及变样——他这么眯细着太久了,肌肉一下子也变不过来),忍不住问:"老九,你在干啥呢?你是怎么啦?"

今天晚上,老九可是专心致意地打了一晚上鞭子。你已经要去炼钢了,还编什么鞭子呢?

一来是习惯。他不还没有走吗?他明天把行李搬回去,叫他娘拆洗拆洗,三天后才动身呢。那么,既在这里,总要找点事做。这根鞭子早就想到要编了。编起来,他不用,总有人用。何况,他本来已经想好,在编着的时候又更确实地重复了一遍他的决定:这根鞭子送给留孩,明天走的时候送给他。

四、留孩和丁贵甲

留孩和丁贵甲是奶兄弟。这一带风俗,对奶亲看得很重。结婚时先给奶爹奶母磕头;奶爹奶母死了,像给自己的爹妈一样的戴孝。奶兄弟,奶姊妹,比姨姑兄弟姊妹都亲。丁贵甲的亲娘还没有出月子就死了,丁贵甲从小在留孩娘跟前寄奶。后来丁贵甲的爹得了腰疼病,终于也死了。他在给人家当小羊伴子以前,一直就在留孩家长大。丁贵甲有时请假说回家看看,就指的是留孩的家。除此之外,他的家便是这个场了。

留孩一年也短不了来看他奶哥。过去大都是他爹带他来,这回是他自己来的——他爹在生产队里事忙,三五天内分不开身;而且他这回来和往回不同:他是来谈工作的。他要来顶老九的手。留孩早就想过这个场里来工作。他奶哥也早跟场领导提了。这回谈妥了,老九一走,留孩就搬过来住。

留孩,你为什么想到场子里来呢?这儿有你奶哥;还有?——"这里好。"这里怎么好?——"说不上来。"

…………

这里有火车。

这里有电影,两个星期就放映一回,常演打仗片子,捉特务。

这里有很多小人书。图书馆里有一大柜子。

这里有很多机器。播种机、收割机、脱粒机……张牙舞爪,排成一大片。

这里庄稼都长得整齐。先用个大三齿耙似的家伙在地里划出线,长出来,笔直。

这里有花生、芝麻、红白薯……这一带都没有种过,也长得挺好。

有果园,有菜园。

有玻璃房子,好几排,亮堂堂的,冬天也结西红柿,结黄瓜。黄瓜那么绿,西红柿那么红,跟上了颜色一样。

有很多鸡,都一色是白的;有很多鸭,也一色是白的。风一吹,白毛儿忒勒勒飘翻起来,真好看。有很多很多猪,都是短嘴头子,大腮帮子,巴克夏,约克夏。这里还有养鱼池,看得见一条一条的鱼在水里游……

这里还有羊。这里的羊也不一样。留孩第一次来,一眼就看到:这里的羊都长了个狗尾巴。不是像那样扁不塌塌的沉甸甸颤巍巍的坠着,遮住屁股蛋子,而是很细很长的一条,当郎着。他先初以为这不像样子,怪寒伧的。后来当然知道,这不是本地羊,是本地羊和高加索绵羊的杂交种。这种羊,一把都抓不透的毛子,作一件皮袄,三九天你尽管躺到洋河冰上去睡觉吧!既是这样,那么尾巴长得不大体面,也就可以原谅了。

那两头"高加索",好家伙,比毛驴还大。那么大个脑袋(老羊倌说一个脑袋有十三斤肉),两盘大角,不知绕了多少圈,最后还旋扭着向两边支出来。脖子下的皮皱成数不清的折子,鼓鼓囊囊的,像围了一个大花领子。老是慢吞吞地,稳稳重重地在草地上踱着步。

时不时地,停下来,斜着眼,这边看看,那边看看,样子很威严,很尊贵。留孩觉得它很像张士林的一本游记书上画的盛装的非洲老酋长。老九叫他骑一骑。留孩说:"羊嘛,咋骑得!"老九说:"行!"留孩当真骑上去,不想它立刻围着羊舍的场子开起小跑来,步子又匀,身子又稳!原来这两只羊已经叫老九训练得很善于做本来是驴应做的事了。

留孩,你过两天就是这个场子里的一个农业工人了。就要一天和这两个老酋长,还有那四百只狗尾巴的羊作伴了,你觉得怎么样,好呢还是不好?——"好。"

场子里老一点的工人都还记得丁贵甲刚来的时候的样子。又干又瘦,披了件丁令当郎的老羊皮,一卷行李还没个枕头粗。问他多大了,说是十二,谁也不相信。待问过他属什么,算一算,却又不错。不论什么时候,都是那么寒簌簌的;见了人,总是那么怯生生的。有的工人家属见他走过,私下担心:这孩子怕活不出来。场子里支部书记有一天远远地看了他半天,说,这孩子怎么的呢,别是有病吧,送医院里检查检查吧。一检查:是肺结核。在医院整整住了一年,好了,人也好像变了一个。接着,这小子,好像遭了掐脖旱的小苗子,一朝得着足量的肥水,飕飕地飞长起来,三四年工夫,长成了一个肩阔胸高腰细腿长的,非常匀称挺拔的小伙子。一身肌肉,晒得紫黑紫黑的。照一个当饲养员的王全老汉的说法:像个小马驹子。

这马驹子如今是个无事忙,什么事都有他一份。只要是球,他都愿意摸一摸。放了一天羊,爬了一天山,走了那么远的路,回来扒拉两大碗饭,放下碗就到球场上去。逢到节日,有球赛,连打两场,完了还不休息。别人都已经走净了,他一个人在月亮地里还绷楞绷楞地射篮。摸鱼,捉蛇,掏雀,撵兔子,只要一声吆唤,马上就跟你走。哪里有夜战,临时突击一件什么工作,挑渠啦,挖沙啦,不用招呼,他扛着铁锨就来了。也不问青红皂白,吭吭就干起来。冬天刨冻粪,这是个最费劲的活,常言说:"刨过个冻粪哪!作过个怕梦哪!"他最愿意揽这个活。使尖镐对准一个口子,别足了劲:"许一个猪头——开!许一个羊头——开!开——开!狗头也不许了①!"这小伙子好像有太多过剩的精

---

① 这本来是开山的石匠的习语。在石头未破开前许愿:如果开了,则用一个羊头、猪头作贡献;但当真开了,即什么也不许了。

力,不找点什么重实点的活消耗消耗,就觉得不舒服似的。

小伙子一天无忧无虑,不大有心眼。什么也不盘算。开会很少发言,学习也不大好,在场里陆续认下的两个字还没有留孩认得的多。整天就知道干活、玩。也喜欢看电影。他把所有的电影分成两大类:一类是打仗的,一类是找媳妇的。凡是打仗的,就都"好!"凡是找媳妇的,就"唛噫,不看不看!"找媳妇的电影尚且不看,真的找媳妇那更是想都不想了。他奶母早就想张罗着给他寻一个对象了。每次他回家,他奶母都问他场子里有没有好看的姑娘,他总是回答得不得要领。他说林凤梅长得好,五四也长得好。问了问,原来林凤梅是场里生产队长的爱人,已经生过三个孩子;五四是个幼儿园的孩子,一九五四年生的!好像恰恰是和他这个年龄相当的,他都没有留心过。奶母没法,只好摇头。其实场子里这个年龄的,很有几个,也有几个长得不难看的。她们有时谈悄悄话的时候,也常提到他。有一个念过一年初中的菜园组长的女儿,给他做了个鉴定,说:"他长得像周炳,有一个名字正好送给他:《三家巷》第一章的题目!"其余几个没有看过《三家巷》的,就找了这本小说来看。一看,原来是:"长得很俊的傻孩子",她们格格格地笑了一晚上。于是每次在丁贵甲走过时,她们就更加留神看他,一面看,一面想想这个名字,便格格格地笑。这很快就固定下来,成为她们私下对于他的专用的称呼,后来又简化、缩短,由"长得很俊的傻孩子"变成"很俊的——"。正在做活,有人轻轻一嘀咕:"嗨!很俊的来了!"于是都偷眼看他,于是又格格格的笑。

这些,丁贵甲全不理会。他一点也不知道他有这么一个名字。起先两回,有人在他身后格格地笑,笑得他也疑惑,怕是老九和小吕在他歇晌时给他在脸上画了眼镜或者胡子。后来听惯了,也不以为意,只是在心里说:丫头们,事多!

其实,丁贵甲因为从小失去爹娘,多受苦难,在情绪上智慧上所受的启发诱导不多;后来在这样一个集体的环境中成长,接触的人事单纯,又缺少一点文化,以致形成他思想单纯,有时甚至显得有点楞,不那么精伶。这是一块璞,如果在一个更坚利精微的沙轮上磨洗一回,就会放出更晶莹的光润。理想的沙轮,是部队。丁贵甲正是日夜念念不忘地想去参军。他之所以一点也不理会"丫头们"的事,也和他的立志做解放军战士有关。他现在正是服役适龄。上个月底,刚满十八足岁。

丁贵甲这会儿正在演戏。他演戏,本来不合适,嗓子不好,唱起来不搭调。而且他也未必是对演戏本身真有兴趣。真要派他一个重要一点的角色,他会以记词为苦事,背锣经为麻烦。他的角色也不好派,导演每次都考虑很久,结果总是派他演家院。就是演家院,他也不像个家院。照一个天才鼓师(这鼓师即猪倌小白,比丁贵甲还小两岁,可是打得一手好鼓)说:"你根本就一点都不像一个古人!"可不是,他直直地站在台上,太健康,太英俊,实在不像那么一回事,虽则是穿了老斗衣,还挂了一副白满。但是他还是非常热心地去。他大概不过是觉得排戏人多,好玩,红火,热闹,大锣大鼓地一敲,哇哇地吼几嗓子,这对他的蓬勃炽旺的生命,是能起鼓扬疏导作用的。他觉得这么闹一阵,舒服。不然,这么长的黑夜,你叫他干什么去呢,难道像王全似的摊开盖窝睡觉?

现在秋收工作已经彻底结束,地了场光,粮食入库,冬季学习却还没有开始,所以场里决定让业余剧团演两晚上戏,劳逸结合。新排和重排的三个戏里都有他,两个是家院,一个是中军。以前已经拉了几场了,最近连排三个晚上,可是他不能去,这把他着急坏了。

因为丢了一只半大羊羔子。大前天,老九舅舅来了,早起老九和丁贵甲一起把羊放上山,晌午他先回一步,丁贵甲一个人把羊赶回家的。入圈的时候,一数,少了一只。丁贵甲连饭也没吃,告诉小吕,叫他请大老张去跟生产队说一声,转身就返回去找了。找了一晚上,十二点了,也没找到。前天,叫老九把羊赶回来,给他留点饭,他又一个人找了一晚上,还是没找到。回来,老九给他把饭热好了,他吃了多半碗就睡了。这两天老羊倌又没在,也没个人讨主意!昨天,生产队说:找不到就算了,算是个事故,以后不要麻痹。看样子是找不到了,两夜了,不是叫人拉走,也要叫野物吃了。但是他不死心,还要找。他上山时就带了一点干粮,对老九说:"我准备找一通夜!找不到不回来。若是人拉走了,就不说了;若是野物吃了,骨头我也要找它回来,它总不能连皮带骨头全都咽下去。不过就是这么几座山,几片滩,它不能土遁了,我一个脚印一个脚印地把你盖遍了,我看你跑到哪里去!"老九说他把羊赶回去也来,还可以叫小吕一起来帮助找,丁贵甲说:"不。家里没有人怎么行?晚上谁起来看羊圈?还要焖料——玉黍在老羊倌屋里,先用那个小麻袋里的。小吕子不行,他路不熟,胆子也小,黑夜没有在山野里呆过。"正说着,他奶弟来了。他知道他这天来的,就跟奶弟说:"我今天要找羊。事情都说好了,你请小吕陪你到办公室,填一个表,我跟他说了。晚上你先睡吧,甭等我。我叫小吕给你借了几本小人书,你看。要是有什么问题,你先找一下大老张,让他告给你。"

晚上,老九和留孩都已经睡实了,小吕也都正在迷糊着了——他们等着等着都困了,忽然听见他连笑带嚷地来了:

"哎!找到啦!找到啦!还活着哩!哎!快都起来!都起来!找到啦!我说它能跑到哪里去呢?哎——"

这三个人赶紧一骨碌都起来,小吕还穿衣裳,老九是光着屁股就跳下床来了。留孩根本没脱——他原想等他奶哥的,不想就这么睡着了,身上的被子也不知是谁给搭上的。

"找到啦?"

"找到啦!"

"在哪儿哪?"

"在这儿哪。"

原来他把自己的皮袄脱下来给羊包上了,所以看不见。大家于是七手八脚地给羊舀一点水,又倒了点

精料让它吃。这羔子,饿得够呛,乏得不行啦。一面又问:

"在哪里找到的?"

"怎么找到的?"

"黑咕咚咚的,你咋看见啦?"

丁贵甲嚼着干粮(他干粮还没吃哩),一面喝水,一面说:

"我哪儿哪儿都找了。沿着我们那天放羊走过的地方,来回走了三个过儿——前两天我都来回地找过了:没有! 我心想:哪儿去了呢? 我一边找,一边捉摸它的个头、长相,想着它的叫声,忽然,我想起:叫叫看,怎么样? 试试! 我就叫! 满山遍野地叫。不见答音。四外静悄悄的,只有宁远铁厂的吹风机好像远远地呼呼地响,也听不大真切,就我一个人的声音。我还叫。忽然,——'咩……'我说,别是我耳朵听差了音,想的? 我又叫——'咩……咩……'这回我听真了,没错! 这还能错? 我天天听惯了的,娇声娇气的! 我赶紧奔过去——看我磕膝上摔的这大块青,——破了! 路上有棵新伐树桩子,我一喜欢,忘了,叭叉摔出去丈把远,喔唷,真他妈的! 肿了没有? 老九,给我拿点碘酒——不要二百二,要碘酒,妈的,辣辣的,有劲!——

把我帽子都摔丢了！我找了羊，又找帽子。找帽子又找了半天！真他妈缺德！他早不伐树晚不伐树，赶爷要找羊了，他伐树！

"你说在哪儿找到的？太史弯不有个荒沙梁子吗？拐弯那儿不是叫山洪冲了个豁子吗？笔陡的？那底下不是坟滩吗？前天，老九，我们不是看见人家迁坟吗，刨了一半，露了棺材，不知为什么又不刨了！这毬东西，爷要打你！它不是老爱走外手边①吗，大概是豁口那儿沙软了，往下塌，别的羊一挤，它就滚下去了！有那么巧，可可掉在坟窟窿里！掉在烂棺材里！出不来了！棺材在土里埋了有日子了，糟朽了，它一砸，就折了，它站在一堆死人骨头里，——那里头倒不冷！不然饿不杀你也冻杀你！外边挺黑。可我在黑里头久了，有点把星星的光就能瞅见。我又叫一声——'咩……'不错！就在这里。它是白的，我模模糊糊看见有一点白晃晃的，下面一摸，正是它！小东西！可把爷担心得够呛！累得够呛！明天就叫伙房宰了你！我看你还爱走外手边！还爱走外手边？唔？"

---

① 外手边是右边。这本来是赶车人的说法。赶车人都习惯于跨坐在左辕，所以称左边为里手边或里边，右边为外手边或外边。

等羊缓过一点来,有了精神,把它抱回羊圈里去,收拾睡下,已经是后半夜了。

今天,白天他带着留孩上山放了一天羊,告诉他什么地方的草好,什么地方有毒草。几月里放阳坡,上什么山;几月里放阴坡,上什么山;什么山是半椅子臂①,该什么时候放。哪里蛇多,哪里有个暖泉,哪里地里有碱。看见大栅栏落下来了,千万不能过——火车要来了。片石山每天十一点五十要放炮崩山,不能去那里……其实日子长着呢,非得赶今天都告诉你奶弟干什么?

晚上,烧了一个小吕在果园里拾来的刺猬,四个人吃了,玩了一会,他就急急忙忙去侍候他的家爷和元帅去了,他知道奶弟不会怪他的。到这会还不回来!

五、夜,正在深浓起来

小吕从来没放过羊,他觉得很奇怪,就问老九和留孩:

"你们每天放羊,都数么?"

---

① 南北方向的小岭,两边坡上都常见阳光,形状略似椅臂者。

留孩和老九同声回答：

"当然数，不数还行哩？早起出圈，晚上回来进圈，都数。不数，丢了你怎么知道？"

"那咋数法？"

咋数法？留孩和老九不懂他的意思，两个人互相看看。老九想了想，哦！

"也有两个一数的，也有三个一数的，数得过来五个一数也行，数不过来一个一个地数！"

"不是这意思！羊是活的嘛！它要跑，这么窜着蹦着挨着挤着，又不是数一笸箩梨，一把树码子，摆着。这你怎么数？"

老九和留孩想一想，笑起来。是倒也是，可是他们小时候放羊用不着他们数，到用到自己数的时候，自然就会了。从来没发生这样的问题。老九又想了想，说：

"看熟了。羊你都认得了，不会看花了眼的。过过眼就行。猪舍那么多猪，我看都是一样。小白就全都认得，小猪娃子跑出来了，他一把抱住，就知往哪个圈里送。也是熟了，一样的。"

小吕想象，若叫自己数，一定不行，非数乱了不可！数着数着，乱了——重来；数着数着，乱了——重来！那，一天早上也出不了圈，晚上也进不了家，净来回数

了!他想着那情景,不由得嘿嘿地笑起来,下结论说:

"真是隔行如隔山。"

老九说:

"我看你给葡萄花去雄授粉,也怪麻烦的!那么小的花须,要用镊子夹掉,还不许蹭着柱头!我那天夹了几个,把眼都看酸了!"

小吕又想起昨天晚上丁贵甲一个人满山叫小羊的情形,想起那么黑,那么静,就只听见自己的声音,想起坟窟窿,棺材,对留孩说:

"你奶哥胆真大!"

留孩说:"他现在胆大,人大了。"

小吕问留孩和老九:

"要叫你们去,一个人,敢么?"

老九和留孩都没有肯定地回答。老九说:

"丁贵甲叫羊急的,就是怕,也顾不上了。事到临头,就得去。这一带他也走熟了。他晚上排戏还不老是十一二点回来。也就是解放后。我爹说,十多年头里,过了扬旗,晚上就没人敢走了。那里不清静,劫过人,还把人杀了。"

"在哪里?"

"过了扬旗。准地方我也不知道。"

……………

"——这里有狼么?"小吕想到狼了。

"有!"

"河南①狼多,"留孩说,"这两年也少了。"

"他们说是五八年大炼钢铁炼的,到处都是火,烘烘烘,狼都吓得进了大山了。有还是有的。老郑黑夜浇地还碰上过。"

"那我怎么下了好几个月夜,也没碰上过?"

"有! 你没有碰上就是了。要是谁都碰上,那成了口外的狼窝沟了! 这附近就有,还来果园。你问大老刘,他还打死过一只——肚子都是葡萄。"

小吕很有兴趣了,留孩也奇怪,怎么都是葡萄,就都一起问:

"咋回事? 咋回事?"

"那年,还是李场长在的时候哩! 葡萄老是丢,而且总是丢白香蕉。大老刘就夜夜守着,原来不是人偷的,是一只狼。李场长说:'老刘,你敢打么?'老刘说,'敢!'老刘就对着它每天来回走的那条车路,挖了一道壕子,趴在里面,拿上枪,上好子弹,等着——"

① 洋河以南。

"什么枪,是这支火枪么?"

"不是,"老九把羊舍的火枪往身边靠了靠,说,"是老陈守夜的快枪——等了它三夜,来了!一枪就给撂倒了。打开膛:一肚子都是葡萄,还都是白香蕉!这老家伙可会挑嘴哩,它也知道白香蕉葡萄好吃!"

留孩说:"狼吃葡萄么?狼吃肉,不是说'狼行千里吃肉'么?"

老九说:"吃。狼也吃葡萄。"

小吕说:"这狼大概是个吃素的,是个把斋的老道!"

说得留孩和老九都笑起来。

"都说狼会赶羊,是真的么?狼要吃哪只羊,就拿尾巴拍拍它,像哄孩子一样,羊就乖乖地在前头走,是真的么?"

"哪有这回事!"

"没有!"

"那人怎么都这么说?"

"是这样——狼一口咬住羊的脖子,拖着羊,羊疼哩,就走,狼又用尾巴抽它,——哪是拍它!唿搠——唿搠——唿搠,看起来轻轻的,你看不清楚,就像狼赶羊,其实还是狼拖羊。它要不咬住它,它跟你走才怪哩!"

"你们看见过么？留孩,你见过么？"

"我没见过,我是在家听贵甲哥说过的。贵甲哥在家给人当羊伴子时候,可没少见过狼。他还叫狼吓出过毛病,这会不知好了没有,我也没问他。"

这连老九也不知道,问：

"咋回事？"

"那年,他跟上羊倌上山了。我们那里的山高,又陡,差不多的人连羊路都找不到。羊倌到沟里找水去了,叫贵甲哥一个人看一会。贵甲哥一看,一群羊都惊起来了,一个一个哆里哆嗦的,又低低地叫唤。贵甲哥心里嗵通一下——狼！一看,灰黄灰黄的,毛茸茸的,挺大,就在前面山杏丛里。旁边有棵树,吓得贵甲哥一窜就上了树。狼叼了一只大羔子,使尾巴赶着,嗖啦一下子就从树下过去了,吓得贵甲哥尿了一裤子。后来,只要有点着急事,下面就会津津地漏出尿来。这会他胆大了,小时候,——也怕。"

"前两天丢了羊,也着急了,咱们问问他尿了没有！"

"对！问他！不说就扒他的裤子检查！"

茶开了。小吕把沙锅端下来,把火边的山药翻了翻。老九在挎包里摸了摸,昨天吃剩的朝阳瓜子还有一把,就兜底倒出来,一边喝着高山顶,一边嗑瓜子。

"你们说,有鬼没有?"这回是老九提出问题。

留孩说:"有。"

小吕说:"没有。"

"有来,"老九自己说,"就在咱们西南边,不很远,从前是个鬼市,还有鬼饭馆。人们常去听,半夜里,乒乒乓乓地炒菜,杓子铲子响,可热闹啦!"

"在哪里?"这小吕倒很想去听听,这又不可怕。

"现在没有了。现在那边是兽医学校的牛棚。"

"哎噫——"小吕失望了,"我不相信,这不知是谁造出来的!鬼还炒菜?!"

留孩说:"怎么没有鬼?我听我大爷说过:

"有一帮河南人,到口外去割莜麦。走到半路上,前不巴村,后不巴店,天也黑夜了,有一个旧马棚,空着,也还有个门,能插上,他们就住进去了。在一个大草滩子里,没有一点人烟。都睡下了。有一个汉子烟瘾大,点了个蜡头在抽烟。听到外面有人说:

"'你老们,起来解手时多走两步噢,别尿湿了我这疙瘩毡子,我就这么一块毡子啊!'

"这汉子也没理会,就答了一声:

"'知道啦。'

"一会儿,又是:

"'你老们,起来解手时多走两步噢,别尿湿了我这疙瘩毡子,我就这么一块毡子啊!'

"'知道啦。'

"一会会,又来啦:

"'你老们,起来解手时多走两步噢,我就这么一块疙瘩毡子!'

"'知道啦!你怎么这么噜苏啊!'

"'我怎么噜苏啦?'

"'你就是噜苏!'

"'我怎么噜苏!'

"'你噜苏!'

"两个就隔着门吵起来,越吵越凶。外面说:

"'你敢给爷出来!'

"'出来就出来!'

"那汉子伸手就要拉门,回身一看:所有的人都拿眼睛看住他,一起轻轻地摇头。这汉子这才想起来,吓得脸煞白——"

"怎么啦?"

"外边怎么可能有人啊,这么个大草滩子里?撒尿怎么会尿湿了他的毡子啊？他们都想,来的时候仿佛离墙不远有一疙瘩土,像是一个坟。这是鬼,是也是像他们一样背了一块毡子来割荍麦的,死在这里了。这大概还是一个同乡。

"第二天,他们起来看,果然有一座新坟。他们给他加加土,就走了。"

这故事倒不怎么可怕,只是说得老九和小吕心里都为这个客死在野地里的只有一块毡子的河南人很不好受。夜已经很深了,他们也不想喝茶了,瓜子还剩一小撮,也不想吃了。

过了一会,忽然,老九的脸色一沉:

"什么声音？"

是的！轻轻的,但是听得很清楚,有点像羊叫,又不太像。老九一把抓起火枪:

"走！"

留孩立刻理解:羊半夜里从来不叫,这是有人偷羊了！他跟着老九就出来。两个人直奔羊圈。小吕抓起他的标枪,也三步抢出门来,说:"你们去羊圈看看,我在这里,家里还有东西。"

老九、留孩用手电照了照几个羊圈,都好好的,羊都安安静静地卧着,门、窗户,都没有动。正察看着,听见小吕喊：

"在这里了！"

他们飞跑回来，小吕正闪在门边，握着标枪，瞄着屋门：

"在屋里！"

他们略一停顿，就一齐踢开门进去。外屋一照，没有。上里屋。里屋灯还亮着，没有。床底下！老九的手电光刚向下一扫，听见床下面"扑哧"的一声——

"他妈的，是你！"

"好！你可吓了我们一跳！"

丁贵甲从床底下爬出来，一边爬，一边笑得捂着肚子。

"好！耍我们！打他！"

于是小吕、老九一齐扑上去，把丁贵甲按倒，一个压住脖子，一个骑住腰，使劲打起来。连留孩也上了手，拽住他企图往上翻拗的腿。一边打，一边说，骂；丁贵甲在下面一边招架，一边笑，说。

"我看见灯……还亮着……我说，试试这几个小鬼！……我早就进屋了！拨开门划，躲在外屋……我嘻嘻嘻……叫了一声，听见老九，嘻嘻嘻嘻——"

"妈的！我听见'呣——咩'的一声，像是只老公羊！是你！这小子！这小子！"

"老九……拿了手电嘻嘻就……走！还拿着你娘的……火枪嘻嘻,呜噫,别打头！小吕嘻嘻嘻拿他妈一根破标……枪嘻嘻,你们只好……去吓鸟！"

这么一边说着,打着,笑着,滚着,闹了半天,直到丁贵甲在下面说:

"好香！炕了……山药……炕了！哎哟……我可饿了！"

他们才放他起来。留孩又去捅了捅炉子,把高山顶又坐热了,大家一边吃山药,一边喝茶,一边又重复地演述着刚才的经过。

他们吃着,喝着,说了又说,笑了又笑。当中又夹着按倒、拳击、捧腹、搂抱、表演、比划。他们高兴极了,快乐极了,简直把这间小屋要闹翻了,涨破了,这几个小鬼！他们完全忘记了现在是很深的黑夜。

六、明　天

明天,他们还会要回味这回事,还会说、学、表演、大笑,而且等张士林回来一定会告诉张士林,会告诉陈素花、恽美兰,并且也会说给大老张听的。将来有一天,他们聚在一起,还会谈起这一晚上的事,还会觉得非常愉快。今夜,他们笑够了,闹够了,现在都安静了,睡下了。起先,隔不一会还有人含含糊糊地说一句什么,不知是醒着还是在梦里,后来就听不到一点声息了。这间在昏黑中哗闹过、明亮过的半坡上的羊舍屋子,沉静下来,在拥抱着四山的广阔、丰美、充盈的暗夜中消融。一天就这样的过去了。夜在进行着,夜和昼在渗入,交递,开往北京的216次列车也正在轨路上奔驶。

明天,就又是一天了。小吕将会去找黄技师,置办他的心爱的嫁接刀。老九在大家的帮助下,会把行李结束起来,走上他当一个钢铁工人的路。当然,他会把他新编得的羊鞭交给留孩。留孩将要来这个"很好的"农场里当一名新一代的牧羊工。征兵的消息已经传开,说不定场子里明天就接到通知,叫丁贵甲到曾经医好他肺结核的医院去参加体格检查,准备入伍、受训,在他所没有接触过的山水风物之间,在蓝天或绿海上,戴起一顶缀着星徽的军帽。这些,都在夜间趋变为事实。

这也只是一个平常的夜。但是人就是这样一天一天,一黑夜一黑夜地长起来的。正如同庄稼,每天观察,差异也都不太明显,然而它发芽了,出叶了,拔节了,孕穗了,抽穗了,灌浆了,终于成熟了。这四个现在在一排并睡着的孩子(四个枕头各托着一个蓬蓬松松的脑袋),他们也将这样发育起来。在党无远弗及的阳光照煦下,经历一些必要的风风雨雨,都将迅速、结实、精壮地成长起来。

现在,他们都睡了。灯已经灭了。炉火也封住了。但是从煤块的缝隙里,有隐隐的火光在泄漏,而映得这间小屋充溢着薄薄的,十分柔和的,蔼然的红晖。

睡吧,亲爱的孩子。

一九六一年十一月二十五日写成

七里茶坊

我在七里茶坊住过几天。

我很喜欢七里茶坊这个地名。这地方在张家口东南七里,当初想必是有一些茶坊的。中国的许多计里的地名,大都是行路人给取的。如三里河、二里沟、三十里铺。七里茶坊大概也是这样。远来的行人到了这里,说:"快到了,还有七里,到茶坊里喝一口再走。"送客上路的,到了这里,客人就说:"已经送出七里了,请回吧!"主客到茶坊又喝了一壶茶,说了些话,出门一揖,就此分别了。七里茶坊一定萦系过很多人的感情。不过现在却并无一家茶坊。我去找了找,连遗址也无人知道。"茶坊"是古语,在《清明上河图》、《东京梦华录》、《水浒传》里还能见到。现在一般都叫"茶馆"了。可见,这地名的由来已久。

这是一个中国北方的普通的市镇。有一个供销社,货架上空空的,只有几包火柴、一堆柿饼。两只乌金釉的酒坛子擦得很亮,放在旁边的酒提子却是干的。

柜台上放着一盆麦麸子做的大酱。有一个理发店,两张椅子,没有理发的,理发员坐着打瞌睡。有一个邮局。一个新华书店,只有几套毛选和一些小册子。路口矗着一面黑板,写着鼓动冬季积肥的快板,文后署名"文化馆宣",说明这里还有个文化馆。快板里写道:"天寒地冻百不咋①,心里装着全天下。"轰轰烈烈的大跃进已经过去,这种豪言壮语已经失去热力。前两天下过一场小雨,雨点在黑板上抽打出一条一条斜道。路很宽,是土路。两旁的住户人家,也都是土墙土顶(这地方风雪大,房顶多是平的)。连路边的树也都带着黄土的颜色。这个长城以外的土色的冬天的市镇,使人起悲凉的感觉。

除了店铺人家,这里有几家车马大店。我就住在一家车马大店里。

我头一回住这种车马大店。这种店是一看就看出来的,街门都特别宽大,成天敞开着,为的好进出车马。进门是一个很宽大的空院子。院里停着几辆大车,车辕向上,斜立着,像几尊高射炮。靠院墙是一个长长的马槽,几匹马面墙拴在槽头吃料,不停地甩着尾巴。院

---

① "百不咋"是无所谓、没关系的意思。

里照例喂着十多只鸡。因为地上有撒落的黑豆、高粱，草里有稗子，这些母鸡都长得极肥大。有两间房，是住人的。都是大炕。想住单间，可没有。谁又会上车马大店里来住一个单间呢？"碗大炕热"，就成了这类大店招徕顾客的口碑。

我是点名住到这种大店里来的呢？

我在一个农业科学研究所下放劳动，已经两年了。有一天生产队长找我，说要派几个人到张家口去掏公共厕所，叫我领着他们去。为什么找到我头上呢？说是以前去了两拨人，都闹了意见回来了。我是个下放干部，在工人中还有一点威信，可以管得住他们，云云。究竟为什么，我一直也不太明白。但是我欣然接受了这个任务。

我打好行李，挎包里除了洗漱用具，带了一枝大号的3B烟斗，一袋掺了一半榆树叶的烟草，两本四部丛刊本《分类集注杜工部集》，坐上单套马车，就出发了。

我带去的三个人，一个老刘、一个小王，还有一个老乔，连我四个。

我拿了介绍信去找市公共卫生局的一位"负责同志"。他住在一个粪场子里。一进门，就闻到一股奇特的酸味。我交了介绍信，这位同志问我：

"你带来的人,咋样?"

"咋样?"

"他们,啊,啊,啊……"

他"啊"了半天,还是找不到合适的词句。这位负责同志大概不大认识字。他的意思我其实很明白,他是问他们政治上可靠不可靠。他怕万一我带来的人会在公共厕所的粪池子里放一颗定时炸弹。虽然他也知道这种可能性极小,但还是问一问好。可是他词不达意,说不出这种报纸语言。最后还是用一句不很切题的老百姓话说:

"他们的人性咋样?"

"人性挺好!"

"那好。"

他很放心了,把介绍信夹到一个卷宗里,给我指定了桥东区的几个公厕。事情办完,他送我出"办公室",顺便带我参观了一下这座粪场。一边堆着好几垛晒好的粪干,平地上还晒着许多薄饼一样的粪片。

"这都是好粪,不掺假。"

"粪还掺假?"

"掺!"

"掺什么? 土?"

"哪能掺土!"

"掺什么?"

"酱渣子。"

"酱渣子?"

"酱渣子,味道、颜色跟大粪一个样,也是酸的。"

"粪是酸的?"

"发了酵。"

我于是猛吸了一口气,品味着货真价实、毫不掺假的粪干的独特的、不能代替的、余韵悠长的酸味。

据老乔告诉我,这位负责同志原来包掏公私粪便,手下用了很多人,是一个小财主。后来成了卫生局的工作人员,成了"公家人",管理公厕。他现在经营的两个粪场,还是很来钱。这人紫棠脸,阔嘴岔,方下巴,眼睛很亮,虽然没有文化,但是看起来很精干。他虽不大长于说"字儿话",但是当初在指挥粪工、洽谈生意时,所用语言一定是很清楚畅达,很有力量的。

掏公共厕所,实际上不是掏,而是凿。天这么冷,粪池里的粪都冻得实实的,得用冰镩凿开,破成一二尺见方大小不等的冰块,用铁锹起出来,装在单套车上,运到七里茶坊,堆积在街外的空场上。池底总有些没有冻实的稀粪,就刮出来,倒在事先铺好的干土里,像和泥似的和好。一夜工夫,就冻实了。第二天,运走。隔三四天,所里车得空,就派一辆三套大车把积存的粪冰运回所里。

看车把式装车,真有个看头。那么沉的、滑滑溜溜的冰块,照样装得整整齐齐,严严实实,拿绊绳一煞,纹丝不动。走个百八十里,不兴掉下一块。这才真叫"把式"!

"叭——"的一鞭,三套大车走了。我心里是高兴的。我们给所里做了一点事了。我不说我思想改造得如何好,对粪便产生了多深的感情,但是我知道这东西很贵。我并没有做多少,只是在地面上挖一点干土,和粪。为了照顾我,不让我下池子凿冰。老乔呢,说好了他是来玩的,只是招招架架,跑跑颠颠。活,主要是老刘和小王干的。老刘是个使冰镩的行家,小王有的是力气。

这活脏一点,倒不累,还挺自由。

骡马大店的东房,——正房是掌柜的一家人自己住的。南北相对,各有一铺能睡七八个人的炕,——挤一点,十个人也睡下了。快到春节了,没有别的客人,我们四个人占据了靠北的一张炕,很宽绰。老乔岁数大,睡炕头。小王火力壮,把门靠边。我和老刘睡当间。我那位置很好,靠近电灯,可以看书。两铺炕中间,是一口锅灶。

天一亮,年轻的掌柜的就推门进来,点火添水,为我们作饭,——推莜面窝窝。我们带来一口袋莜面,顿顿饭吃莜面,而且都是推窝窝。——莜面吃完了,三套大车会又给我们捎来的。小王跳到地下帮掌柜的拉风箱,我们仨就拥着被窝坐着,欣赏他推窝窝的手艺。——这么冷的天,一大清早就让他从内掌柜的热被窝里爬出来为我们作饭,我心里实在有些歉然。不大一会,莜面蒸上了,屋里弥漫着白蒙蒙的蒸汽,很暖和,叫人懒洋洋的。可是热腾腾的窝窝已经端到炕上了。刚出屉的莜面,真香!用蒸莜面的水,洗了脸,我们就蘸着麦麸子做的大酱吃起来。没有油,没有醋,尤其是没有辣椒!可是你得相信我说的是真话:我一辈子很少吃过这么好吃的东西。那是什么时候呀?——一九六〇年!

我们出工比较晚。天太冷。而且得让过人家上厕所的高潮。八点多了,才赶着单套车到市里去。中午不回来。有时由我掏钱请客,去买一包"高价点心",找个背风的角落,蹲下来,各人抓了几块嚼一气。老乔、我、小王拿一副老掉了牙的扑克牌接龙、憋七。老刘在呼呼的风声里居然敢把脑袋缩在老羊皮袄里睡一觉,还挺香!下午接着干。四点钟装车,五点多就回到七里茶坊了。

一进门,掌柜的已经拉动风箱,往灶火里添着块煤,为我们作晚饭了。

吃了晚饭,各人干各人的事。老乔看他的《啼笑因缘》。他这本《啼笑因缘》是个古本了,封面封底都没有了,书角都打了卷,当中还有不少缺页。可是他还是戴着老花镜津津有味地看,而且老看不完。小王写信,或是躺着想心事。老刘盘着腿一声不响地坐着。他这样一声不响地坐着,能够坐半天。在所里我就见过他到生产队请一天假,哪儿也不去,什么也不干,就是坐着。我发现不止一个人有这个习惯。一年到头的劳累,坐一天是很大的享受,也是他们迫切的需要。人,有时需要休息。他们不叫休息,就叫"坐一天"。他们去请假的理由,也是:"我要坐一天。"中国的农民,对于生活的要求真是太小了。我,就靠在被窝上读杜诗。杜诗读完,就压在枕头底下。这铺炕,炕沿的缝隙跑烟,把我的《杜工部集》的一册的封面薰成了褐黄色,留下一个难忘的、美好的纪念。

有时,就有一句没一句,东拉西扯地瞎聊天。吃着柿饼子,喝着蒸锅水,抽着掺了榆树叶子的烟。这烟是农民用包袱包着私卖的,颜色是灰绿的,劲头很不足,抽烟的人叫它"半口烟"。榆树叶子点着了,发出一种焦糊的,然而分明地辨得出是榆树的气味。这种气味使我多少年后还难于忘却。

小王和老刘都是"合同工",是所里和公社订了合同,招来的。他们都是柴沟堡的人。

老刘是个老长工,老光棍。他在张家口专区几个县都打过长工,年轻时年年到坝上割莜麦。因为打了多年长工,庄稼活他样样精通。他有过老婆,跑了,因为他养不活她。从此他就不再找女人,对女人很有成见,认为女人是个累赘。他就这样背着一卷行李——一块毡子、一床"盖窝"(即被)、一个方顶的枕头,到处漂流。看他捆行李的利索劲儿和背行李的姿势,就知道是一个常年出门在外的老长工。他真也是自由自在,也不置什么衣服,有两个钱全喝了。他不大爱说话,但有时也能说一气,在他高兴的时候,或者不高兴的时候。这二年他常发牢骚,原因之一,是喝不到酒。他老是说:"这是咋搞的? 咋搞的?"——"过去,七里茶坊,啥都有:驴肉、猪头肉、炖牛蹄子、茶鸡蛋……,卖一黑夜。酒! 现在! 咋搞的! 咋搞的!"——"'楼上楼下,电灯电话'!做梦娶媳妇,净慕好事!多会儿?"①他年轻时曾给八路军送过信,带过路。"俺们那阵,有什好吃的,都给八路军留着!早知这样,哼!……"他说的话常常出了圈,老乔就喝住他:"你瞎说点啥!没喝酒,你就醉了!你是想'进去'住几天是怎么的?嘴上没个把门的,亏你活了这么大!"

小王也有些不平之气。他是念过高小的。他给自己编了一口顺口溜:"高小毕业生,白费六年工。想去当教员,学生管我叫老兄。想去当会计,珠算又不通!"他现在一个月挣二十九块六毛四,要交社里一部分,刨去吃饭,所剩无几。他才二十五岁,对老刘那样的自由自在的生活并不羡慕。

老乔,所里多数人称之为乔师傅。这是个走南闯北,见多识广,老于世故的工人。他是怀来人。年轻时在天津学修理汽车。抗日战争时跑到大后方,在资源委员会的运输队当了司机,跑仰光、腊戍。抗战胜利后,他回张家口来开车,经常跑坝上各县。后来岁数大了,五十多了,血压高,不想再跑长途,他和农科所的所

---

① 那时农村宣传"共产主义",都说是"楼上楼下,电灯电话"。慕,是思量、向往的意思。这是很古的语言,元曲中常见。张家口地区保留了很多宋元古语。

长是亲戚,所里新调来一辆拖拉机,他就来开拖拉机,顺便修修农业机械。他工资高,没负担。农科所附近一个小镇上有一家饭馆,他是常客。什么贵菜、新鲜菜,饭馆都给他留着。他血压高,还是爱喝酒。饭馆外面有一棵大槐树,夏天一地浓荫。他到休息日,喝了酒,就睡在树荫里。树荫在东,他睡在东面;树荫在西,他睡到西面,围着大树睡一圈!这是前二年的事了。现在,他也很少喝了。因为那个饭馆的酒提潮湿的时候很少了。他在昆明住过,我也在昆明呆过七八年,因此他老愿意找我聊天,抽着榆叶烟在一起怀旧。他是个技工,掏粪不是他的事,但是他自愿报了名。冬天,没什么事,他要来玩两天。来就来吧。

这天,我们收工特别早,下了大雪,好大的雪啊!

这样的天,凡是爱喝酒的都应该喝两盅,可是上哪儿找酒去呢?

吃了莜面,看了一会书,坐了一会,想了一会心事,照例聊天。

像往常一样,总是老乔开头。因为想喝酒,他就谈起云南的酒。市酒、玫瑰重升、开远的杂果酒、杨林肥酒……

"肥酒?酒还有肥瘦?"老刘问。

"蒸酒的时候,上面吊着一大块肥肉,肥油一滴一滴地滴在酒里。这酒是碧绿的。"

"像你们怀来的青梅煮酒?"

"不像。那是烧酒,不是甜酒。"

过了一会,又说:"有点像……"

接着,又谈起昆明的吃食。这老乔的记性真好,他可以从华山南路、正义路,一直到金碧路,数出一家一家大小饭馆,又岔到护国路和甬道街,哪一家有什么名菜,说得非常详细。他说到金钱片腿、牛干巴、锅贴乌鱼、过桥米线……

"一碗鸡汤,上面一层油,看起来连热气都没有,可是超过一百度。一盘子鸡片、腰片、肉片,都是生的。往鸡汤里一推,就熟了。"

"那就能熟了?"

"熟了!"

他又谈起汽锅鸡。描写了汽锅是什么样子,锅里不放水,全凭蒸汽把鸡蒸熟了,这鸡怎么嫩,汤怎么鲜……

老刘很注意地听着,可是怎么也想象不出这汽锅是啥样子,这道菜是啥滋味。

后来他又谈到昆明的菌子：牛肝菌、青头菌、鸡㙡①，把鸡㙡夸赞了又夸赞。

"鸡㙡？有咱这儿的口蘑好吃吗？"

"各是各的味儿。"

…………

老乔刮话的时候，小王一直似听不听，躺着，张眼看着房顶。忽然，他问我：

"老汪，你一个月挣多少钱？"

我下放的时候，曾经有人劝告过我，最好不要告诉农民自己的工资数目，但是我跟小王认识不止一天了，我不想骗他，便老实说了。小王没有说话，还是张眼躺着。过了好一会，他看着房顶说：

"你也是一个人，我也是一个人，为什么你就挣那么多？"

他并没有要我回答，这问题也不好回答。

沉默了一会。

老刘说："怨你爹没供你书②。人家老汪是大学毕业！"

---

① 鸡㙡是一种菌，长在白蚁窝上，味极腴美。
② "供书"是拿钱供学生读书的意思。

老乔是个人情练达的人,他捉摸出小王为什么这两天老是发呆,为什么会提出这样的问题,说:

"小王,你收到一封什么信,拿出来我看看!"

前天三套大车来拉粪冰的时候,给小王捎来一封寄到所里的信。

事情原来是这样的:小王搞了一个对象。这对象搞得稍为有点离奇:小王有个表姐,嫁到邻村李家。李家有个姑娘,和小王年貌相当,也是高小毕业。这表姐就想给小姑子和表弟撮合撮合,写信来让小王寄张照片去。照片寄到了,李家姑娘看了,不满意。恰好李家姑娘的一个同学陈家姑娘来串门,她看了照片,对小王的表姐说:"晓得人家要俺们不要?"表姐跟陈家姑娘要了一张照片,寄给小王,小王满意。后来表姐带了陈家姑娘到农科所来,两人当面相了一相,事情就算定了。农村的婚姻,往往就是这样简单,不像城里人有逛公园、轧马路、看电影、写情书这一套。

陈家姑娘的照片我们都见过,挺好看的,大眼睛,两条大辫子。

小王收到的信是表姐寄来的,催他办事。说人家姑娘一天一天大了,等不起。那意思是说,过了春节,再拖下去,恐怕就要吹。

小王发愁的是:春节他还办不成事!柴沟堡一带办喜事倒不尚铺张,但是一床里面三新的盖窝、一套花直贡呢的棉衣、一身灯芯绒裤袄、绒衣绒裤、皮鞋、球鞋、尼龙袜子……总是要有的。陈家姑娘没有额外提什么要求,只希望要一支金星牌钢笔。这条件提得不俗,小王倒因此很喜欢。小王已经作了长期的储备,可是算来算去还差五六十块钱。

老乔看完信,说:

"就这个事吗?值得把你愁得直眉瞪眼的!叫老汪给你拿二十,我给你拿二十!"

老刘说:"我给你拿上十块!现在就给!"说着从红布肚兜里就摸出一张十圆的新票子。

问题解决了,小王高兴了,活泼起来了。

于是接着瞎聊。

从云南的鸡枞聊到内蒙古的口蘑。说到口蘑,老刘可是个专家。黑片蘑、白蘑、鸡腿子、青腿子……

"过了正蓝旗,捡口蘑都是赶了个驴车去。一天能捡一车!"

不知怎么又说到独石口。老刘说他走过的地方没有比独石口再冷的了,那是个风窝。

"独石口我住过,冷!"老乔说,"那年我们在独石口吃了一洞子羊。"

"一洞子羊?"小王很有兴趣了。

"风太大了,公路边有一个涵洞,去避一会风吧。一看,涵洞里白糊糊的,都是羊。不知道是谁的羊,大概是被风赶到这里的,挤在涵洞里,全冻死了。这倒好,这是个天然冷藏库!俺们想吃,就进去拖一只,吃了整整一个冬天!"

老刘说:"肥羊肉炖口蘑,那叫香!四家子的莜面,比白面还白。坝上是个好地方。"

话题转到了坝上。老乔、老刘轮流说,我和小王听着。

老乔说:坝上地广人稀,只要收一季莜麦,吃不完。过去山东人到口外打把势卖艺,不收钱。散了场子,拿一个大海碗挨家要莜面,"给!"一给就是一海碗。说坝上没果子。怀来人赶一个小驴车,装一车山里红到坝上,下来时驴车换成了三套大马车,车上满满地装的是莜面。坝上人都豪爽,大方。吃起肉来不是论斤,而是放开肚子吃。他说坝上人看见坝下人吃肉,一小碗,都奇怪:"这吃个什么劲儿呢?"他说,他们要是看见江苏人、广东人炒菜:青菜加两三片肉,更会奇怪了。他还说坝上女人长得很好看。他说,都说水多的地方女人好看,坝上没水,怎么女人都长得白白净净?那么大风沙,皮色都很好。他说他在崇礼县看过两姐妹,长得像傅全香。

傅全香是谁,老刘、小王可都不知道。

老刘说:坝上地大,风大,雪大,雹子也大。他说有一年沽源下了一场大雪,西门外的雪跟城墙一般高。也是沽源,有一年下了一场雹子,有一个雹子有马大。

"有马大?那掉在头上不砸死了?"小王不相信有这样大的雹子!

老刘还说,坝上人养鸡,没鸡窝。白天开了门,把鸡放出去。鸡到处吃草籽,到处下蛋。他们也不每天去捡。隔十天半月,挑了一副筐,到处捡蛋,捡满了算。他说坝上的山都是一个一个馒头样的山包。山上没石头。有些山很奇怪,只长一样东西。有一个山叫韭菜山,一山都是韭菜;还有一座芍药山,夏天开了满满一山的芍药花……

老乔、老刘把坝上说得那样好,使小王和我都觉得这是个奇妙的、美丽的天地。

芍药山,满山芍药花,这是什么景象?

"咱们到韭菜山上掐两把韭菜,拿盐腌腌,明天蘸莜面吃吧。"小王说。

"见你的鬼!这会儿会有韭菜?满山大雪!——把钱收好了!"

聊天虽然有趣,终有意兴阑珊的时候。天已经很黑了,房顶上的雪一定已经堆了四五寸厚了,摊开被窝,我们该睡了。

正在这时,屋门开处,掌柜的领进三个人来。这三个人都反穿着白茬老羊皮袄,齐膝的毡疙瘩。为头是一个大高个儿,五十来岁,长方脸,戴一顶火红的狐皮帽。一个四十来岁,是个矮胖子,脸上有几颗很大的痘疤,戴一顶狗皮帽子。另一个是和小王岁数仿佛的后生,雪白的山羊头的帽子遮齐了眼睛,使他看起来像一个女孩子。——他脸色红润,眼睛太好看了!他们手里都拿着一根六道木二尺多长的短棍。虽然刚才在门外已经拍打了半天,帽子上、身上,还粘着不少雪花。

掌柜的说:"给你们作饭?——带着面了吗?"

"带着哩。"

后生解开老羊皮袄,取出一口面口袋。——他把面口袋系在腰带上,怪不道他看起来身上鼓鼓囊囊的。

"推窝窝?"

高个儿把面口袋交给掌柜的:

"不吃莜面!一天吃莜面。你给俺们到老乡家换几个粑粑头①吃。多时不吃粑粑头,想吃个粑粑头。把火弄得旺旺的,烧点水,俺们喝一口。——没酒?"

"没。"

"没咸菜?"

"没。"

"那就甜②吃!"

老刘小声跟我说:"是坝上来的。坝上人管窝窝头叫粑粑头。是赶牲口的,——赶牛的。你看他们拿的六道木的棍子。"随即,他和这三个坝上人搭讪起来:

"今天一早从张北动的身?"

"是。——这天气!"

"就你们仨?"

"还有仨。"

"那仨呢?"

"在十多里外,两头牛掉进雪窟窿里了。他们仨在往上弄。俺们把其余的牛先送到食品公司屠宰场,

---

① 他们说"粑粑头","粑粑"作入声。
② 张家口一带不说"淡",说"甜"。

到店里等他们。"

"这样天气,你们还往下送牛?"

"没法子。快过年了。过年,怎么也得叫坝下人吃上一口肉!"

不大一会,掌柜的搞了粑粑头和几个腌蔓菁来。他们把粑粑头放在火里烧,水开了,把烧焦的粑粑头拍打拍打,就吃喝起来。

老乔就把我们的酱碗给他们送过去。

"你们那里今年年景咋样?"

"好!"高个儿回答得斩钉截铁。显然这是反话,因为痘疤脸和后生都噗嗤一声笑了。

"不是说去年你们已经过了'黄河'了?"

"过了! 那还不过!"

老乔知道他话里有话,就问:

"也是假的?"

"不假。搞了'标准田'。"

"啥叫'标准田'?"

"把几块地里打的粮算在一起。"

"其余的地?"

"不算产量。"

"坝上过'黄河'? 不用什么'科学家',我就知道,不行!"老刘用了一个很不文雅的字眼说:"过'黄河',过毯的个河吧!"

老乔解释:"老刘说的对。坝上的土层只有五寸,下面全是石头。坝上一向是广种薄收,要求单位面积产量,是主观主义。"

痘疤脸说:"就是!俺们和公社的书记说,这产量是虚的。但人家说:有了虚的,就会带来实的。"

后生说:"还说这是:以虚带实。"

我还从来没有听说过"以虚带实"是这样的解释的。

高个儿沉重地叹了一口气:"这年月!当官的都说谎!"

老刘接口说:"当官的说谎,老百姓遭殃!"

老乔把烟口袋递给他们:

"牲畜不错?"

"不错!也经不起胡糟践。头二年,大跃进,大炼钢铁,夜战,把牛牵到地里,杀了,在地头架起了大锅,大块大块地煮烂,大伙儿,吃!那会儿吃了个痛快;这会儿,想去吧!——他们怎咋还不来?去看看。"

高个儿说着又把老羊皮袄又系紧了。

痘疤脸说:"我们俩去。你啦就甭去了。"

"去!"

他们和掌柜的借了两根木杠,把我们车上的钢绳也借去了,拉开门,就走了。

听见后生在门外大声说:"雪更大了!"

老刘起来解手,把地下三根六道木的棍子归在一起,上了炕,说:

"他们真辛苦!"

过了一会,又自言自语地说:

"咱们也很辛苦。"

老乔一面钻被窝,一面说:

"中国人都很辛苦啊!"

小王已经睡着了。

"过年,怎么也得叫坝下人吃上一口肉!"我老是想着大个儿的这句话,心里很感动,很久未能入睡。这是一句朴素、美丽的话。

半夜,朦朦胧胧地听到几个人轻手轻脚走进来,我睁开眼,问:

"牛弄上来了?"

高个儿轻轻地说:

"弄上来了。把你吵醒了! 睡吧!"

他们睡在对面的炕上。

第二天,我们起得很晚。醒来时,这六个赶牛的坝上人已经走了。

一九八一年五月十一日写成

郝有才趣事

郝有才一辈子没有什么露脸的事。也没有多少现眼的事。他是个极其普通的人,没有什么特点。要说特点,那就是他过日子特别仔细,爱打个小算盘。话说回来了,一个人过日子仔细一点,爱打个小算盘,这碍着别人什么了?为什么有些人总爱拿他的一些小事当笑话说呢?

他是三分队的。三分队是舞台工作队。一分队是演员队,二分队是乐队。管箱的,——大衣箱、二衣箱、旗包箱,梳头的,检场的……这都归三分队。郝有才没有坐过科,拜过师,是个"外行",什么都不会,他只会装车、卸车、搬布景、挂吊杆,干一点杂活。这些活,看看就会,没有三天力巴。三分队的都是"苦哈哈",他们的工资都比较低。不像演员里的"好角",一月能拿二百多、三百。也不像乐队里的名琴师、打鼓佬,一月也能拿一百八九。他们每月都只有几十块钱。"开支"的时候,工资袋里薄薄的一叠,数起来很省事。他们的家累也都比较重,孩子多。因此,三分队的过日子都比较简省,郝有才是其尤甚者。

他们家的饭食很简单。不过能够吃饱。一年难得吃几次鱼,都是带鱼,熬一大盆,一家子吃一顿。他们家的孩子没有吃过虾。至于螃蟹,更不知道是什么滋味了。中午饭有什么吃什么,窝头、贴饼子、烙饼、馒头、米饭。有时也蒸几屉包子,菠菜馅的、韭菜馅的、茴香馅的,肉少菜多。这样可以变变花样,也省粮食。晚饭一般是吃面。炸酱面、麻酱面。茄子便宜的时候,茄子打卤。扁豆老了的时候,焖扁豆面,——扁豆焖熟了,把面往锅里一下,一翻个儿,得!吃面浇什么,不论,但是必须得有蒜。"吃面不就蒜,好比杀人不见血!"他吃的蒜也都是紫皮大瓣。"青皮萝卜紫皮蒜,抬头的老婆低头的汉,这是上讲的!"他的蒜都是很磁棒,很鼓立的,一头是一头,上得了画,能拿到展览会上去展览。每一头都是他精心挑选过,挨着个儿用手捏过的。

不但是蒜,他们家吃的菜也都是经他精心挑选的。他每天中午、晚晌下班,顺便买菜。从剧团到他们家共有七家菜摊,经过每一个菜摊,他都要下车——他骑车,问问价,看看菜的成色。七家都考察完了,然后决定买哪一家的,再骑车翻回去选购。卖菜的约完了,他都要再复一次秤,——他的自行车后架上随时带着一杆小秤。他买菜回来,邻居见了他买的菜都羡慕:"你瞧有才买的这菜,又水灵,又便宜!"郝有才翩腿下车,说:"货买三家不吃亏,——您得挑!"

郝有才干了一件稀罕事。他对他们家附近的烧饼、焦圈作了一次周密的调查研究。他早点爱吃个芝麻烧饼夹焦圈。他家在西河沿。他曾骑车西至牛街,东至珠市口,把这段路上每家卖烧饼焦圈的铺子都走遍,每一家买两个烧饼、两个焦圈,回家用戥子一一约过。经过细品,得出结论:以陕西巷口大庆和的质量最高。烧饼分量足,焦圈炸得透。他把这结论公诸于众,并买了几套大庆和的烧饼焦圈,请大家品尝。大家嚼食之后,一致同意他的结论。于是纷纷托他代买。他也乐于跑这个小腿。好在西河沿离陕西巷不远,骑车十分钟就到了。他的这一番调查给大家留下深刻印象,因为别人都没有想到。

剧团外出,他不吃团里的食堂。每次都是烙了几十张烙饼,用包袱皮一包,带着。另外带了好些卤虾酱、韭菜花、臭豆腐、秦椒糊、豆儿酱、芥菜疙瘩、小酱萝卜,瓶瓶罐罐,丁令当啷。他就用这些小菜就干烙饼。

一到烙饼吃完,他就想家了,想北京,想北京的"吃儿"。他说,在北京,哪怕就是虾米皮熬白菜,也比外地的香。"为什么呢?因为,——五味神在北京!""五味神"是什么神?至今尚未有人考证过,不见于载籍。

他抽烟,抽烟袋,关东。他对于烟叶,要算个行家。什么黑龙江的亚布利、吉林的交河烟、易县小叶乃至云南烤烟,他只要看看,捏一撮闻闻,准能说出个子午卯酉。不过他一般不上烟铺买烟,他遛烟摊。这摊上的烟叶子厚不厚,口劲强不强,是不是"灰白火亮",他老远地一眼就能瞧出来。卖烟的耍的"手彩"别想瞒过他。什么"插翎儿"、"洒药",全都逃不过他的眼睛。"几捆烟摆在地下,你一瞧,色气好,叶儿挺厚实,拐子不多,不赖!卖烟的打一捆里,噌——抽出了一根:'尝尝!尝尝!'你揉一揉往烟袋里一摁,点火,抽!真不赖,'满口烟',喷香!其实他这几捆里就这一根是好的,是插进去的,——卖烟的知道。你再抽抽别的叶子,不是这个味儿了!——这为'插翎'。要说,这个'侃儿'①起得挺有个意思,烟叶可不有点像鸟的翎毛么?还有一种,归'洒药'。地下一堆碎烟叶。你来

---

① 侃儿即行话,甚至可说是"黑话"。

了,卖烟的抢过你的烟袋:'来一袋,尝尝!试试!'给你装了一袋,一抽:真好!其实这一袋,是他一转身的那工夫,从怀里掏出来给你装上的,——这是好烟。你就买吧!买了一包,地下的,一抽,咳!——屁烟!——'洒药'!"

他爱喝一口酒。不多,最多二两。他在家不喝。家里不预备酒,免得老想喝。在小铺里喝。不就菜,抽关东烟就酒。这有个名目,叫做"云彩酒"。

他爱逛寄卖行。他家大人孩子们的鞋、袜、手套、帽子,都是处理品。剧团外出,他爱逛商店,遛地摊,买"俏货"。他买的俏货都不是什么贵重东西。凉席、雨伞、马莲根的炊帚、铁丝笊篱……他买俏货,也有吃亏上当的时候。有一次,他从汉口买了一套套盆,——绿釉的陶盆,一个套着一个,一套五个,外面最大的可以洗被窝,里面最小的可以和面。他就像收藏家买了一张唐伯虎的画似的,高兴得不得了。费了半天劲,才把这套宝贝弄上车。不想到了北京,出了前门火车站,对面一家山货店里就有,东西和他买的一样,价钱比汉口便宜。他一气之下,恨不能把这套套盆摔碎了。——当然没有,他还是咬着嘴唇把这几十斤重的东西背回去了。"郝有才千里买套盆"落下一个"哏",供剧团的很多人说笑了个把月。

　　说话,到了"文化大革命"。"文化大革命"乍一起来的时候,郝有才也矇了。这是怎么回事呢? 昨天还是书记、团长、三叔、二大爷,一宵的工夫,都成了走资派、"三名三高"。大字报铺天盖地。小伙子们都像"上了法",一个个杀气腾腾,瞧着都瘆得慌。大家都学会了嚷嚷。平日言迟语拙的人忽然都长了口才,说起话一套一套的。郝有才心想:这算哪一出呢? 渐渐地他心里踏实了。他知道"革命"革不到他头上。他头一回知道:三分队的都是红五类——工人阶级。各战斗组都拉他们。三分队的队员顿时身价十倍。有的人趾高气扬,走进走出都把头抬得很高。他们原来是人下人,现在翻身了! 也有老实巴交的,还跟原来一样,每天上班,抽烟喝水,低头听会。郝有才基本上属于后一类。他也参加大批判,大辩论,跟着喊口号,叫"打倒",但是他没有动手打过人,往谁脸上啐过唾沫,给谁嘴里抹过浆糊。他心里想:干嘛呀,有朝一日,还要见面。只有一件事少不了他。造反派上谁家抄家时总得叫上他,让他蹬平板三轮,去拉抄出来的"四旧"。他翻翻抄出来的东西,不免生一点感慨:真有好东西呀!

　　没多久,派来了军、工宣队,搞大联合,成立了革命委员会。

又没多久,这个团被指定为样板团。

样板团有什么好处?——好处多了!

样板团吃样板饭。炊事班每天变着样给大伙做好吃的。番茄焖牛肉、香酥鸡、糖醋鱼、包饺子、炸油饼……郝有才觉得天天过年。肚子里油水足,他胖了。

样板团发样板服。每年两套的确良制服,一套深灰,一套浅灰。穿得仔细一点,一年可以不用添置衣裳。——三分队还有工作服。到了冬天,还发一件棉军大衣。领大衣时,郝有才闹了一点小笑话。

棉大衣共有三个号:一号、二号、三号——大、中、小。一般身材,穿二号。矮小一点的,三号就行了。能穿一号的,全团没有几个。三分队的队长拿了一张表格,叫大家报自己的大衣号,好汇总了报上去。到了郝有才,他要求登记一件一号的。队长愣了:"你多高?"——"一米六二。"——"那你要一号的?你穿三号的!——你穿上一号的像什么样子,那不成了道袍啦?"——"一号的,一号的!您给我登一件一号的!劳您驾!劳您驾!"队长纳了闷了,问他:"你这是什么意思?"他说了实话:"我拿回去,改改。下摆铰下来,能缝一副手套。"——"吓!什么人呐!全团有你这样的吗？领一件大衣，还饶一副手套！亏你想得出来！"队长把这事汇报了上去，军代表把他叫去训了一通。到底还是给他登记了一件三号的。

郝有才干了一件不大露脸的事，拿了人家五个羊蹄。他到一家回民食堂挑了五个羊蹄，趁着人多，售货员没注意，拿了就走，——没给钱。不想售货员早注意上他了，一把拽住："你给钱了吗？"——"给啦！"——"给了多少？我还没约呐，你就给了钱啦？"——"我现在给！"——"现在给？——晚啦！"旁边围了一圈人，都说："真不像话！""还是样板团的哪！"（他穿着样板服哪）。售货员非把他拉到公安局去不可。公安局的人一看，就五个羊蹄，事不大，就说："你写个检查吧！"——"写不了！我不认字。"公安局给剧团打了个电话，让剧团把他领回去。

军、工宣队研究了一下，觉得问题不大，影响不好，决定开一个小会，在队里批评批评他。

会上发言很热烈，每个人都说了。有人念了好几段毛主席语录。有一位能看"三列国"①的管箱的师傅

---

① 《三国演义》及《东周列国志》，合称《三列国》。凡能读《三列国》的，在戏班里即为有学问的圣人。

掏出一本《雷锋日记》,念了好几篇,说:"你瞧人家雷锋,风格多高。你瞧你,什么风格!——你简直的没有格!你好好找找差距吧!拿人家五个羊蹄。五个羊蹄,能值多少钱!你这么大的人了!小孩子也干不出这种事来!哎哟哎哟,你叫我说你什么好噢!我都替你寒碜。"军代表参加了这次会,看大家发言差不多了,就说:"郝有才,你也说说。"

"说说。我这叫'爱小',贪小便宜。贪小便宜吃大亏呀!我怎么会贪小便宜?我打小就穷。我爸死得早,我妈是换取灯的①……"

军代表不知道什么是"换取灯的",旁边有人给他解释半天,军代表明白了,"哦。"

"我打小什么都干过。拣煤核,打执事②……"

什么是打执事,军代表也不懂,又得给他解释半天。

"哦。"

"后来,我拉排子车,——拉小绊,我力气小,驾不

---

① 取灯即早先的火柴。换取灯的即收破烂的。收得破烂,或以取灯偿值,也有给钱的。
② 执事是出殡和迎亲的仪仗,金瓜斧钺朝天凳,旗锣伞扇……出殡有幡、雪柳。打执事的都是穷人家的孩子。打一回执事,所得够一顿饭钱。

了辕,只能拉小绊。

"有一回,大夏天,我发了痧,死过去了。也不知是哪位好心的,把我搭在前门门洞里。我醒过来了,瞅着瓮券上的城砖:'我这是在哪儿呐?'……"

三分队的出身都比较苦,类似的经历,他们也都有过,听了心里都有点难受,有人眼圈都红了。

"后来,我拉了两年洋车。

"后来,给陈××拉包月。"陈××是个名演员,唱老生的。

"拉包月,倒不累。除了拉大爷上馆子——"

"上馆子? 陈××爱吃馆子?"军代表不明白。

又得给他解释:"上馆子就是上剧场。"

"除了拉大爷上馆子,就是拉大奶奶上东安市场买买东西。"

军代表听到"大爷"、"大奶奶",觉得很不舒服,就打断了他:"不要说'大爷'、'大奶奶'。"

"对! 他是老板,我是拉车的。我跟他是两路人。除了,……咳,陈××爱吃红菜汤,他老让我到大地餐厅去给他端红菜汤。放在车上他拉回来。我拉车、拉人,还拉红菜汤,你说这叫什么事!"

军代表听着,不知道他要说到哪里去,就又打断了他:"不要扯得太远,不要离题,说说你对自己的错误的认识。"

"对,说认识。我这就要回到本题上来了。好容易,解放了,我参加了剧团。剧团改国营,我每月有了准收入,冻不着,饿不死了。这都亏了共产党呀!——中国共产党万岁!"

他抽不冷子来了这么一句,大伙不能不举起手来跟着他喊:

"中国共产党万岁!"

"这以后,剧团归为样板团,咱们是一步登天哪!'板儿饭','板儿服',真是没的说!可我居然干出这种丢人现眼的事,我给样板团抹了黑。我对得起谁?你们说:我对得起谁?嗯?……"

他问得理直气壮,简直有点咄咄逼人。

军代表觉得他再也说不出什么了,就做了简短的结论:

"郝有才同志的检查不够深刻。不过态度还是好的,也有沉痛感,一个人犯了错误,不要紧,只要改正了就好。对于犯错误的同志,我们不应该歧视他,轻视他,而是要热情地帮助他。"接着又说:"对于任何人,都要一分为二。比如郝有才同志,他有缺点,爱打个小算盘。他也有优点嘛!比如,他每天给大家打开水,这就是优点。这也是为人民服务嘛!希望他今后能发扬优点,克服缺点,做一名无愧于样板团称号的文艺战士!"

会就开到了这里。

过了没多久,郝有才可干了一件十分露脸的事。他早起上班打开水,上楼梯的时候绊了一下,暖壶碰在栏干上,"砰!"把一个暖壶胆瓯①了。暖壶胆瓯了,照例是可以拿到总务科去领一个的。郝有才不知怎么一想,他没去总务科去领,自己掏钱,到菜市口配了一个。——而且没有告诉任何人。不过人们还是知道了,大家传开了:"有才这回干了一件漂亮事!"——"他这样的人,干出这样的事,尤其难得!"见了他,都说:"有才!好样儿的!"——"有才!你这进步可是不小哇!——我简直都不敢相信。"郝有才觉得美不滋儿的。

军、工宣队知道了,也都认为这是他们的思想工作的成果。事情不大,意义不小,于是决定让他在全团大会上作一次讲用。

---

① 瓯,北京土话,打碎了的意思。

要他讲用,可是有点困难。他不认字,不能写讲稿。让别人替他写讲稿也不成,他念不下来。只好凭他用口讲。军代表把他叫去,启发了半天,让他讲讲自己的活思想,——当时是怎么想的,怎样让公字占领了自己的思想,克服了私心,最好能引用两段毛主席语录。军代表心想,他虽不识字,可是大家整天念语录,他听也应该听会几段了。

那天讲用一共三个人。前面两个,都讲得不错,博得全场掌声。第三个是郝有才。郝有才上了台,向毛主席像行了一个礼,然后转过身来,大声地说:

"毛主席教导我们说:甀了就甀了!"

大家先是一愣,接着都忍不住哈哈大笑起来。主持会议的军代表原来还绷着,终于憋不住,随着大家一同哈哈大笑。他一边大笑,一边挥手:"散会!"

金冬心

召应博学鸿词杭郡金农字寿门别号冬心先生、稽留山民、龙梭仙客、苏伐罗吉苏伐罗,早上起来觉得很无聊。

他刚从杭州扫墓回来。给祖坟加了加土,吩咐族侄把聚族而居的老宅子修理修理,花了一笔钱。杭州官员馈赠的程仪殊不丰厚,倒是送了不少花雕和莼菜,坛坛罐罐,装了半船。装莼菜的磁罐子里多一半是西湖水。我能够老是饮花雕酒喝莼菜汤过日脚么?开玩笑!

他是昨天日落酉时回扬州的。刚一进门,洗了脸,给他装裱字画、收拾图书的陈聋子就告诉他:袁子才把十张灯退回来了。是托李馥馨茶叶庄的船带回来的。附有一封信。另外还有十套《随园诗话》。金冬心当时哼了一声。

去年秋后,来求冬心先生写字画画的不多,他又买了两块大砚台,一块红丝碧端,一块蕉叶白,手头就有些紧。进了腊月,他忽然想起一个主意:叫陈聋子用乌木做了十张方灯的架子,四面由他自己书画。自以为这主意很别致。他知道他的字画在扬州实在不大卖得动了,——太多了,几乎家家都有。过了正月初六,就叫陈聋子搭了李馥馨的船到南京找袁子才,托他代卖。凭子才的面子,他在南京的交往,估计不难推销出去。他希望一张卖五十两。少说,也能卖二十两。不说别的,单是乌木灯架,也值个三两二两的。那么,不无小补。

袁子才在小仓山房接见了陈聋子,很殷勤地询问了冬心先生的起居,最近又有什么轰动一时的诗文,说:"灯是好灯!诗、书、画,可称三绝。先放在我这里吧。"

金冬心原以为过了元宵,袁子才就会兑了银子来。不想过了清明,还没有消息。

现在,退回来了!

袁枚的信写得很有风致:"……金陵人只解吃鸭脯,光天白日,尚无目识字画,安能于灯光烛影中别其媸妍耶?……"

这个老奸巨猾!不帮我卖灯,倒给我弄来十部《诗话》,让我替他向扬州的鹾贾打秋风!——俗!

晚上吃了一碗鸡丝面,早早就睡了。

今天一起来,很无聊。

喝了几杯苏州新到的碧螺春,念了两遍《金刚经》,趿着鞋,到小花圃里看了看。宝珠山茶开得正好,含笑也都有了骨朵了。然而提不起多大兴致。他惦记着那十盆兰花。他去杭州之前,瞿家花园新从福建运到十盆素心兰。那样大的一盆,每盆不愁有百十个箭子!索价五两一盆,不贵!要是袁子才替他把灯卖出去,这十盆建兰就会摆在他的小花圃苇棚下的石条上。这样的兰花,除了冬心先生,谁配?然而……

他踱回书斋里,把袁枚的信摊开又看了一遍,觉得袁枚的字很讨厌,而且从字里行间嚼出一点挖苦的意味。他想起陈聋子描绘的随园:有几棵柳树,几块石头,有一个半干的水池子,池子边种了十来棵木芙蓉,到处是草,草里有蜈蚣……这样一个破园子,会是江宁织造的大观园么?可笑![①] 此人惯会吹牛,装模作样!他顺手把《随园诗话》打开翻了几页,到处是倚人自重,借别人的赏识,为自己吹嘘。有的诗,还算清新,然而,小聪明而已。正如此公自道:"诗被人嫌只为多"!

---

① 袁枚曾说大观园就是他的随园。

再看看标举的那些某夫人、某太夫人的诗,都不见佳。哈哈,竟然对毕秋帆也揄扬了一通!毕秋帆是什么?——商人耳!郑板桥对袁子才曾作过一句总评,说他是"斯文走狗",不为过分!

他觉得心里痛快了一点,——不过,还是无聊。

他把陈聋子叫来,问问这些天有什么函件简帖。陈聋子捧出了一叠。金冬心拆看了几封,都没有什么意思,问:"还有没有?"

陈聋子把脑门子一拍,说:"有!——我差一点忘了,我把它单独放在拜匣里了:程雪门有一张请帖,来了三天了!"

"程雪门?"

"对对对!请你陪客。"

"请谁?"

"铁大人。"

"哪个铁大人?"

"新放的两淮盐务道铁保珊铁大人。"

"几时?"

"今天!中饭!平山堂!"

"你多误事!——去把帖子给我拿来!——去订一顶轿子!——你真是!——快去!——哎哟!"

金冬心开始觉得今天有点意思了。

等着催请了两次,到第三次催请时,冬心先生换了衣履,坐上轿子,直奔平山堂。

程雪门是扬州一号大盐商,今天宴请新任盐务道,非比寻常!果然,等金冬心下了轿,往平山堂一看,只见扬州的名流显贵都已到齐。藩臬二司、河工漕运、当地耆绅、清客名士,济济一堂。花翎补服,辉煌耀眼;轻衣缓带,意态萧闲。程雪门已在正面榻座上陪着铁保珊说话,一眼看见金冬心来了,站起身来,铁保珊早抢步迎了出来。

"冬心先生!久仰!久仰得很哪!"

"岂敢岂敢!臣本布衣,幸瞻丰采!铁大人从都里来,一路风霜,辛苦了!"

"请!"

"请!请!"

铁保珊拉了金冬心入座。程雪门道了一声"得罪!"自去应酬别的客人。大家只见铁保珊倾侧着身子和金冬心谈得十分投机,金冬心不时点头抚掌,不知他们谈些什么,不免悄悄议论。

"雪门今天请金冬心来陪铁保珊,好大的面子!"

"听说是铁保珊指名要见的。"

"金冬心这时候才来,架子搭得不小!"

"看来他的字画行情要涨!"

少顷宴齐,更衣入席。平山堂中,雁翅般摆开了五桌。正中一桌,首座自然是铁保珊。次座是金冬心。金冬心再三谦让,铁保珊一把把他按得坐下,说:"你再谦,大家就不好坐了!"金冬心只得从命。程雪门在这桌的主座上陪着。

今天的酒席很清淡。铁大人接连吃了几天满汉全席,实在是没有胃口,接到请帖,说:"请我,我到!可是我只想喝一碗晚米稀粥,就一碟香油拌疙瘩丝!"程雪门说一定照办。按扬州请客的规矩,菜单曾请铁保珊过了目。凉碟是金华竹叶腿、宁波瓦楞明蚶、黑龙江熏鹿脯、四川叙府糟蛋、兴化醉蛏鼻、东台醉泥螺、阳澄湖醉蟹、糟鹌鹑、糟鸭舌、高邮双黄鸭蛋、界首茶干拌荠菜、凉拌枸杞头……热菜也只是蟹白烧乌青菜、鸭肝泥酿怀山药、鲫鱼脑烩豆腐、烩青腿子口蘑、烧鹅掌。甲鱼只用裙边。鲥花鱼不用整条的,只取两块嘴后腮边眼下蒜瓣肉。砗螯只取两块瑶柱。炒芙蓉鸡片塞牙,用大兴安岭活捕来的飞龙剁泥、鸽蛋清。烧烤不用乳猪,用果子狸。头菜不用翅唇参燕,清炖杨妃乳——新从江阴运到的河鲀鱼。铁大人听说有河鲀,说:"那得有炒蒌蒿呀!——'竹外桃花三两枝,春江水暖鸭先知,蒌蒿满地芦芽短,正是河豚欲上时',有蒌蒿,那才配称。"有有有! 随饭的炒菜也极素净:素炒蒌蒿苔、素炒金花菜、素炒豌豆苗、素炒紫芽姜、素炒马兰头、素炒凤尾——只有三片叶子的嫩莴苣尖、素烧黄芽白……铁大人听了菜单(他没有看)说是"这样好,'咬得菜根,则百事可做'。"他请金冬心过目,冬心先生说:"'一箪食,一瓢饮',农一介寒士,无可无不可的。"

金冬心尝了尝这一桌非时非地清淡而名贵的菜肴,又想起袁子才,想起他的《随园食单》,觉得他把几味家常鱼肉说得天花乱坠,真是寒乞相,嘴角不禁浮起一丝冷笑。

酒过三巡,铁保珊提出寡饮无趣,要行一个酒令。他提出的这个酒令叫做"飞红令",各人说一句或两句古人诗词,要有"飞、红"二字,或明嵌、或暗藏,都可以。这令不算苛。他自己先说了两句:"花谢花飞飞满天,红消香断有谁怜?"有人不识出处。旁边的人提醒他:"《红楼梦》!"这时正是《红楼梦》大行的时候,"开谈不说《红楼梦》,纵读诗书也枉然",不知出处的怕露怯,连忙说:"哦,《红楼梦》!《红楼梦》!"下面也有说"一片花飞减却春"的,也有说"桃花乱落如红雨"

的。有的说不上来,甘愿罚酒。也有的明明说得出,为了谦抑,故意说:"我诗词上有限,认罚认罚!"借以凑趣的。临了,到了程雪门。程雪门说了一句:

"柳絮飞来片片红。"

大家先是愕然,接着就哗然了:

"柳絮飞来片片红,柳絮如何是红的?"

"无是理!无是理!"

"杜撰!杜撰无疑!"

"罚酒!罚酒!"

"满上!满上!喝了!喝了!"

程雪门也不知道自己怎么会诌出这样一句不通的诗来,正在满脸紫涨,无地自容,忽听得金冬心放下杯箸,从容言道:

"诸位莫吵。雪翁此诗有出处。这是元人咏平山堂的诗,用于今日,正好对景。"他站起身来,朗吟出全诗:

廿四桥边廿四风,
凭栏犹忆旧江东。
夕阳返照桃花渡,
柳絮飞来片片红。

大家一听,全都击掌:

"好诗!"

"好一个'柳絮飞来片片红'!妙!妙极了!"

"如此尖新,却又合情合理,这定是元人之诗,非唐非宋!"

"到底是冬心先生!元朝人的诗,我们知道得太少,惭愧惭愧!"

"想不到程雪翁如此博学!佩服!佩服!"

程雪门哈哈大笑,连说:"过奖,过奖!——菜凉了,河鲀要趁热!"

于是大家的筷子一齐奔向杨妃乳。

铁保珊拈须沉吟:这是元朝人的诗么?

金冬心真是捷才!出口成章,不动声色。快,而且,好!有意境……

第二天,一清早,程雪门派人给金冬心送来一千两银子。金冬心叫陈聋子告诉瞿家花园,把十盆建兰立刻送来。

陈聋子刚要走,金冬心叫住他:

"不忙。先把这十张灯收到厢房里去。"

陈聋子提起两张灯,金冬心又叫住他:

"把这个——搬走!"

他指的是堆在地下的《随园诗话》。

陈聋子抱起《诗话》,走出书斋,听见冬心先生骂道:

"斯文走狗!"

陈聋子心想:他这是骂谁呢?

一九八三年十月二十五日

散 文

泡茶馆

"泡茶馆"是联大学生特有的语言。本地原来似无此说法,本地人只说"坐茶馆"。"泡"是北京话,其含义很难准确地解释清楚。勉强解释,只能说是持续长久地沉浸其中,像泡泡菜似的泡在里面。"泡蘑菇"、"穷泡",都有长久的意思。北京的学生把北京的"泡"字带到了昆明,和现实生活结合起来,便创造出一个新的语汇。"泡茶馆",即长时间地在茶馆里坐着。本地的"坐茶馆"也含有时间较长的意思。到茶馆里去,首先是坐,其次才是喝茶(云南叫吃茶)。不过联大的学生在茶馆里坐的时间往往比本地人长,长得多,故谓之"泡"。

有一个姓陆的同学,是一怪人,曾经骑自行车旅行半个中国。这人真是一个泡茶馆的冠军。他有一个时期,整天在一家熟识的茶馆里泡着。他的盥洗用具就放在这家茶馆里。一起来就到茶馆里去洗脸刷牙,然后坐下来,泡一碗茶,吃两个烧饼,看书。一直到中午,起身出去吃午饭。吃了饭,又是一碗茶,直到吃晚饭。晚饭后,又是一碗,直到街上灯火阑珊,才挟着一本很厚的书回宿舍睡觉。

昆明的茶馆共分几类,我不知道。大别起来,只能分为两类,一类是大茶馆,一类是小茶馆。

正义路原先有一家很大的茶馆,楼上楼下,有几十张桌子。都是荸荠紫漆的八仙桌,很鲜亮。因为在热闹地区,坐客常满,人声嘈杂。所有的柱子上都贴着一张很醒目的字条:"莫谈国事"。时常进来一个看相的术士,一手捧一个六寸来高的硬纸片,上书该术士的大名(只能叫做大名,因为往往不带姓,不能叫"姓名";又不能叫"法名"、"艺名",因为他并未出家,也不唱戏),一只手捏着一根纸媒子,在茶桌间绕来绕去,嘴里念说着"送看手相不要钱!""送看手相不要钱"——他手里这根媒子即是看手相时用来指示手纹的。

这种大茶馆有时唱围鼓。围鼓即由演员或票友清唱。我很喜欢"围鼓"这个词。唱围鼓的演员、票友好像是不取报酬的,只是一群有同好的闲人聚拢来唱着玩。但茶馆却可借来招揽顾客,所以茶馆里便于闹市张贴告条:"某月日围鼓"。到这样的茶馆里来一边听围鼓,一边吃茶,也就叫做"吃围鼓茶"。"围鼓"这个词大概是从四川来的,但昆明的围鼓似多唱滇剧。我在昆明七年,对滇剧始终没有入门。只记得不知什么戏里有一句唱词"孤王头上长青苔"。孤王的头上如何会长青苔呢?这个设想实在是奇绝,因此一听就永不能忘。

我要说的不是那种"大茶馆"。这类大茶馆我很少涉足,而且有些大茶馆,包括正义路那家兴隆鼎盛的大茶馆,后来大都陆续停闭了。我所说的是联大附近的茶馆。

从西南联大新校舍出来,有两条街,凤翥街和文林街,都不长。这两条街上至少有不下十家茶馆。

从联大新校舍,往东,折向南,进一座砖砌的小牌楼式的街门,便是凤翥街。街头右手第一家便是一家茶馆。这是一家小茶馆,只有三张茶桌,而且大小不等,形状不一的茶具也是比较粗糙的,随意画了几笔蓝花的盖碗。除了卖茶,檐下挂着大串大串的草鞋和地瓜(即湖南人所谓的凉薯),这也是卖的。张罗茶座的是一个女人。这女人长得很强壮,皮色也颇白净。她生了好些孩子。身边常有两个孩子围着她转,手里还抱着一个。她经常敞着怀,一边奶着那个早该断奶的孩子,一边为客人冲茶。她的丈夫,比她大得多,状如猿猴,而目光锐利如鹰。他什么事情也不管,但是每天下午却捧了一个大碗喝牛奶。这个男人是一头种畜。这情况使我们颇为不解。这个白皙强壮的妇人,只凭一天卖几碗茶,卖一点草鞋、地瓜,怎么能喂饱了这么多张嘴,还能供应一个懒惰的丈夫每天喝牛奶呢?怪事!中国的妇女似乎有一种天授的惊人的耐力,多大的负担也压不垮。

由这家往前走几步,斜对面,曾经开过一家专门招徕大学生的新式茶馆。这家茶馆的桌椅都是新打的,涂了黑漆。堂倌系着白围裙。卖茶用细白瓷壶,不用盖碗(昆明茶馆卖茶一般都用盖碗)。除了清茶,还卖沱茶、香片、龙井。本地茶客从门外过,伸头看看这茶馆的局面,再看看里面坐得满满的大学生,就挪步另走一家了。这家茶馆没有什么值得一记的事,而且开了不久就关了。联大学生至今还记得这家茶馆是因为隔壁有一家卖花生米的。这家似乎没有男人,站柜卖货是姑嫂两人,都还年轻,成天涂脂抹粉。尤其是那个小姑子,见人走过,辄作媚笑。联大学生叫她花生西施。这西施卖花生米是看人行事的。好看的来买,就给得多。难看的给得少。因此我们每次买花生米都推选一个挺拔英俊的"小生"去。

再往前几步,路东,是一个绍兴人开的茶馆。这位绍兴老板不知怎么会跑到昆明来,又不知为什么在这条小小的凤翥街上来开一爿茶馆。他至今乡音未改。大概他有一种独在异乡为异客的情绪,所以对待从外地来的联大学生异常亲热。他这茶馆里除了卖清茶,还卖一点芙蓉糕、萨其玛、月饼、桃酥,都装一个玻璃匣子里。我们有时觉得肚子里有点缺空而又不到吃饭的时候,便到他这里一边喝茶一边吃两块点心。有一个善于吹口琴的姓王的同学经常在绍兴人茶馆喝茶。他喝茶,可以欠账。不但喝茶可以欠账,我们有时想看电影而没有钱,就由这位口琴专家出面向绍兴老板借一点。绍兴老板每次都是欣然地打开钱柜,拿出我们需要的数目。我们于是欢欣鼓舞,兴高采烈,迈开大步,直奔南屏电影院。

再往前,走过十来家店铺,便是凤翥街口,路东路西各有一家茶馆。

路东一家较小,很干净,茶桌不多。掌柜的是个瘦瘦的男人,有几个孩子。掌柜的事情多,为客人冲茶续水,大都由一个十三四岁的大儿子担任,我们称他这个儿子为"主任儿子"。街西那家又脏又乱,地面坑洼不平,一地的烟头、火柴棍、瓜子皮。茶桌也是七大八小,摇摇晃晃,但是生意却特别好。从早到晚,人坐得满满的。也许是因为风水好。这家茶馆正在凤翥街和龙翔街交接处,门面一边对着凤翥街,一边对着龙翔街,坐在茶馆两条街上的热闹都看得见。到这家吃茶的全部是本地人,本街的闲人、赶马的"马锅头",卖柴的、卖菜的。他们都抽叶子烟。要了茶以后,便从怀里掏出一个烟盒——圆形,皮制的,外面涂着一层黑漆,打开来,揭开覆盖着的菜叶,拿出剪好的金堂叶子,一枝一枝地卷起来。茶馆的墙壁上张贴、涂抹得乱七八糟。但我却于西墙上发现了一首诗,一首真正的诗:

> 记得旧时好,
> 跟随爹爹去吃茶。
> 门前磨螺壳,
> 巷口弄泥沙。

是用墨笔题写在墙上的。这使我大为惊异了。这是什么人写的呢?

每天下午,有一个盲人到这家茶馆来卖唱。他打着扬琴,说唱着。照现在的说法,这应是一种曲艺,但这种曲艺该叫什么名称,我一直没有打听着。我问过"主任儿子",他说是"唱扬琴的",我想不是。他唱的是什么？我有一次特意站下来听了一会，是：

…………
良田美地卖了，
高楼大厦拆了，
娇妻美妾跑了，
狐皮袍子当了……

我想了想，哦，这是一首劝戒鸦片的歌，他这唱的是鸦片烟之为害。这是什么时候传下来的呢？说不定是林则徐时代某一忧国之士的作品。但是这个盲人只管唱他的，茶客们似乎都没有在听，他们仍然在说话，各人想自己的心事。到了天黑，这个盲人背着扬琴，点着马杆，踽踽地走回家去。我常常想：他今天能吃饱么？

进大西门，是文林街，挨着城门口就是一家茶馆。这是一家最无趣味的茶馆。茶馆墙上的镜框里装的是美国电影明星的照片，蓓蒂·黛维丝、奥丽薇·德·哈荚兰、克拉克盖博、泰伦宝华……除了卖茶，还卖咖啡、可可。这家的特点是：进进出出的除了穿西服和麂皮夹克的比较有钱的男同学外，还有把头发卷成一根一根香肠似的女同学。有时到了星期六，还开舞会。茶馆的门关了,从里面传出《蓝色的多瑙河》和《风流寡妇》舞曲,里面正在"嘣嚓嚓"。

和这家斜对着的一家,跟这家截然不同。这家茶馆除卖茶,还卖煎血肠。这种血肠是牦牛肠子灌的,煎起来一街都闻见一种极其强烈的气味,说不清是异香还是奇臭。这种西藏食品,那些把头发卷成香肠一样的女同学是绝对不敢问津的。

由这两家茶馆,往东,不远几步,面南,便可折向钱局街。街上有一家老式的茶馆,楼上楼下,茶座不少。说这家茶馆是"老式"的,是因为茶馆备有烟筒,可以租用。一段青竹,旁安一个粗如小指半尺长的竹管,一头装一个带爪的莲蓬嘴,这便是"烟筒"。在莲蓬嘴里装了烟丝,点以纸媒,把整个嘴埋在筒口内,尽力猛吸,筒内的水咚咚作响,浓烟便直灌肺腑,顿时觉得浑身通泰。吸烟筒要有点功夫,不会吸的吸不出烟来。茶馆的烟筒比家用的粗得多,高齐桌面,吸完就靠在桌腿边,吸时尤需底气充足。这家茶馆门前,有一个小摊,卖酸角(不知什么树上结的,形状有点像皂荚,极酸,入口使人攒眉)、拐枣(也是树上结的,应该算是果子,状如鸡爪,一疙瘩一疙瘩的,有的地方即叫做鸡脚爪,味道很怪,像红糖,又有点像甘草),和泡梨(糖梨泡在盐水里。梨味本是酸甜的,昆明人却偏于盐水内泡而食之。泡梨仍有梨香,而梨肉极脆嫩)。过了春节则有人于门前卖葛根。葛根是药,我过去只在中药铺见过,切成四方的棋子块儿,是已经经过加工的了。原物是什么样子,我是在昆明才见到的。这种东西可以当零食来吃,我也是在昆明才知道。一截根,粗如手臂,横放在一块板上,外包一块湿布。给很少的钱,卖葛根的便操起有点像北京切涮羊肉的肉片用的那种薄刃长刀,切下薄薄的几片给你。雪白的。嚼起来有点像干瓢的生白薯片,而有极重的药味。据说葛根能清火。联大的同学大概很少人吃过葛根。我是什么奇奇怪怪的东西都要买一点尝一尝的。

大学二年级那一年,我和两个外文系的同学经常一早就坐到这家茶馆靠窗的一张桌边,各自看自己的书,有时整整坐一上午,彼此不交一语。我这时才开始学写作,我的最初几篇小说,即是在这家茶馆里写的。茶馆离翠湖很近,从翠湖吹来的风里,时时带有水浮莲的气味。

回到文林街。文林街中,正对府甬道,后来新开了一家茶馆。这家茶馆的特点一是卖茶用玻璃杯,不用盖碗,也不用壶。不卖清茶,卖绿茶和红茶。红茶色如玫瑰,绿茶苦如猪胆。第二是茶桌较小,且覆有玻璃桌面。在这样桌子上打桥牌实在是再合适不过了,因此到这家茶馆来喝茶的,大都是来打桥牌的,这茶馆实在是一个桥牌俱乐部。联大打桥牌之风很盛。有一个姓马的同学每天到这里打桥牌。解放后,我才知道他是老地下党员,昆明学生运动的领导人之一。学生运动搞得那样热火朝天,他每天都只是很闲在,很热衷地在打桥牌,谁也看不出他和学生运动有什么关系。

文林街的东头,有一家茶馆,是一个广东人开的,字号就叫"广发茶社",——昆明的茶馆我记得字号的只有这一家。原因之一,是我后来住在民强巷,离广发很近,经常到这家去。原因之二是——经常聚在这家茶馆里的,有几个助教、研究生和高年级的学生。这些人多多少少有一点玩世不恭。那时联大同学常组织什么学会,我们对这些俨乎其然的学会微存嘲讽之意。有一天,广发的茶友之一说:"咱们这也是一个学会,——广发学会!"这本是一句茶余的笑话。不料广发的茶友之一,解放后,在一次运动中被整得不可开交,胡乱交待问题,说他曾参加过"广发学会"。这就惹下了麻烦。几次有人,专程到北京来外调"广发学会"问题。被调查的人心里想笑,又笑不出来,因为来外调的政工人员态度非常严肃。广发茶馆代卖广东点心。所谓广东点心，其实只是包了不同味道的甜馅的小小的酥饼，面上却一律贴了几片香菜叶子。这大概是这一家饼师的特有的手艺。我在别处吃过广东点心，就没有见过面上贴有香菜叶子的——至少不是每一块都贴。

或问：泡茶馆对联大学生有些什么影响？答曰：第一，可以养其浩然之气。联大的学生自然也是贤愚不等，但多数是比较正派的。那是一个污浊而混乱的时代，学生生活又穷困得近乎潦倒，但是很多人却能自许清高，鄙视庸俗，并能保持绿意葱茏的幽默感，用来对付恶浊和穷困，并不颓丧灰心，这跟泡茶馆是有些关系的。第二，茶馆出人才。联大学生上茶馆，并不只是穷泡，除了瞎聊，大部分时间都是用来读书的。联大图书馆座位不多，宿舍里没有桌凳，看书多半在茶馆里。联大同学上茶馆很少不挟着一本乃至几本书的。不少人的论文、读书报告，都是在茶馆写的。有一年一位姓石的讲师的《哲学概论》期终考试，我就是把考卷拿到茶馆里去答好了再交上去的。联大八年，出了很多人才。研究联大校史，搞"人才学"，不能不了解了解联大附近的茶馆。第三，泡茶馆可以接触社会。我对各种各样的人、各种各样的生活都发生兴趣,都想了解了解,跟泡茶馆有一定关系。如果我现在还算一个写小说的人,那么我这个小说家是在昆明的茶馆里泡出来的。

一九八四年五月十三日

跑 警 报

西南联大有一位历史系的教授,——听说是雷海宗先生,他开的一门课因为讲授多年,已经背得很熟,上课前无需准备;下课了,讲到哪里算哪里,他自己也不记得。每回上课,都要先问学生:"我上次讲到哪里了?"然后就滔滔不绝地接着讲下去。班上有个女同学,笔记记得最详细,一句不落。雷先生有一次问她:"我上一课最后说的是什么?"这位女同学打开笔记夹,看了看,说:"您上次最后说:'现在已经有空袭警报,我们下课。'"

这个故事说明昆明警报之多。我刚到昆明的头二年,三九、四〇年,三天两头有警报。有时每天都有,甚至一天有两次。昆明那时几乎说不上有空防力量,日本飞机想什么时候来就来。有时竟至在头一天广播:明天将有二十七架飞机来昆明轰炸。日本的空军指挥部还真言而有信,说来准来!

一有警报,别无他法,大家就都往郊外跑,叫做

"跑警报"。"跑"和"警报"联在一起,构成一个语词,细想一下,是有些奇特的,因为所跑的并不是警报。这不像"跑马"、"跑生意"那样通顺。但是大家就这么叫了,谁都懂,而且觉得很合适。也有叫"逃警报"或"躲警报"的,都不如"跑警报"准确。"躲",太消极;"逃"又太狼狈。唯有这个"跑"字于紧张中透出从容,最有风度,也最能表达丰富生动的内容。

有一个姓马的同学最善于跑警报。他早起看天,只要是万里无云,不管有无警报,他就背了一壶水,带点吃的,夹着一卷温飞卿或李商隐的诗,向郊外走去。直到太阳偏西,估计日本飞机不会来了,才慢慢地回来。这样的人不多。

警报有三种。如果在四十多年前向人介绍警报有几种,会被认为有"神经病",这是谁都知道的。然而对今天的青年,却是一项新的课题。一曰"预行警报"。

联大有一个姓侯的同学,原系航校学生,因为反应迟钝,被淘汰下来,读了联大的哲学心理系。此人对于航空旧情不忘,曾用黄色的"标语纸"贴出巨幅"广告",举行学术报告,题曰《防空常识》。他不知道为什么对"警报"特别敏感。他正在听课,忽然跑了出去,站在"新校舍"的南北通道上,扯起嗓子大声喊叫:"现在有预行警报,五华山挂了三个红球!"可不!抬头望南一看,五华山果然挂起了三个很大的红球。五华山是昆明的制高点,红球挂出,全市皆见。我们一直很奇怪:他在教室里,正在听讲,怎么会"感觉"到五华山挂了红球呢?——教室的门窗并不都正对五华山。

一有预行警报,市里的人就开始向郊外移动。住在翠湖迤北的,多半出北门或大西门,出大西门的似尤多。大西门外,越过联大新校舍门前的公路,有一条由南向北的用浑圆的石块铺成的宽可五六尺的小路。这条路据说是古驿道,一直可以通到滇西。路在山沟里。平常走的人不多。常见的是驮着盐巴、碗糖或其他货物的马帮走过。赶马的马锅头侧身坐在木鞍上,从齿缝里咝咝地吹出口哨(马锅头吹口哨都是这种吹法,没有撮唇而吹的),或低声唱着呈贡"调子":

哥那个在至高山那个放呀放放牛,
妹那个在至花园那个梳那个梳梳头。
哥那个在至高山那个招呀招招手,
妹那个在至花园点那个点点头。

这些走长道的马锅头有他们的特殊装束。他们的短褂外都套了一件白色的羊皮背心,脑后挂着漆布的凉帽,脚下是一双厚牛皮底的草鞋状的凉鞋,鞋帮上大都绣了花,还钉着亮晶晶的"鬼眨眼"亮片。——这种鞋似只有马锅头穿,我没见从事别种行业的人穿过。马锅头押着马帮,从这条斜阳古道上走过,马项铃哗梭哗梭地响,很有点浪漫主义的味道,有时会引起远客的游子一点淡淡的乡愁……

有了预行警报,这条古驿道就热闹起来了。从不同方向来的人都涌向这里,形成了一条人河。走出一截,离市较远了,就分散到古道两旁的山野,各自寻找一个合适的地方呆下来,心平气和地等着,——等空袭警报。

联大的学生见到预行警报,一般是不跑的,都要等听到空袭警报:汽笛声一短一长,才动身。新校舍北边围墙上有一个后门,出了门,过铁道(这条铁道不知起讫地点,从来也没见有火车通过),就是山野了。要走,完全来得及。——所以雷先生才会说"现在已经有空袭警报"。只有预行警报,联大师生一般都是照常上课的。

跑警报大都没有准地点,漫山遍野。但人也有习惯性,跑惯了哪里,愿意上哪里。大多是找一个坟头,这样可以靠靠。昆明的坟多有碑，碑上除了刻下坟主的名讳，还刻出"×山×向"，并开出坟茔的"四至"。这风俗我在别处还未见过。这大概也是一种古风。

　　说是漫山遍野，但也有几个比较集中的"点"。古驿道的一侧，靠近语言研究所资料馆不远，有一片马尾松林，就是一个点。这地方除了离学校近，有一片碧绿的马尾松，树下一层厚厚的干了的松毛，很软和，空气好，——马尾松挥发出很重的松脂气味，晒着从松枝间漏下的阳光，或仰面看松树上面的蓝得要滴下来的天空，都极舒适外，是因为这里还可以买到各种零吃。昆明做小买卖的，有了警报，就把担子挑到郊外来了。五味俱全，什么都有。最常见的是"丁丁糖"。"丁丁糖"即麦芽糖，也就是北京人祭灶用的关东糖，不过做成一个直径一尺多，厚可一寸许的大糖饼，放在四方的木盘上，有人掏钱要买，糖贩即用一个刨刃形的铁片楔入糖边，然后用一个小小铁锤，一击铁片，丁的一声，一块糖就震裂下来了，——所以叫做"丁丁糖"，其次是炒松子。昆明松子极多，个大皮薄仁饱，很香，也很便宜。我们有时能在松树下面捡到一个很大的成熟了的生的松球，就掰开鳞瓣，一颗一颗地吃起来。——那时候，我们的牙都很好，那么硬的松子壳，一嗑就开了！

另一个集中点比较远,得沿古驿道走出四五里,驿道右侧较高的土山上有一横断的山沟(大概是哪一年地震造成的),沟深约三丈,沟口有二丈多宽,沟底也宽有六七尺。这是一个很好的天然防空沟,日本飞机若是投弹,只要不是直接命中,落在沟里,即便是在沟顶上爆炸,弹片也不易蹦进来。机枪扫射也不要紧,沟的两壁是死角。这道沟可以容数百人。有人常到这里,就利用闲空,在沟壁上修了一些私人专用的防空洞,大小不等,形式不一。这些防空洞不仅表面光洁,有的还用碎石子或破瓷片嵌出图案,缀成对联。对联大都有新意。我至今记得两副,一副是:

　　人生几何
　　恋爱三角

一副是:

　　见机而作
　　入土为安

对联的嵌缀者的闲情逸致是很可叫人佩服的。前一副也许是有感而发,后一副却是记实。

警报有三种。预行警报大概是表示日本飞机已经起飞。拉空袭警报大概是表示日本飞机进入云南省境了,但是进云南省不一定到昆明来。等到汽笛拉了紧急警报:连续短音,这才可以肯定是朝昆明来的。空袭警报到紧急警报之间,有时要间隔很长时间,所以到了这里的人都不忙下沟——沟里没有太阳,而且过早地像云冈石佛似的坐在洞里也很无聊,大都先在沟上看书、闲聊、打桥牌。很多人听到紧急警报还不动,因为紧急警报后日本飞机也不定准来,常常是折飞到别处去了。要一直等到看见飞机的影子了,这才一骨碌站起来,下沟,进洞。联大的学生,以及住在昆明的人,对跑警报太有经验了,从来不仓惶失措。

上举的前一副对联或许是一种泛泛的感慨,但也是有现实意义的。跑警报是谈恋爱的机会。联大同学跑警报时,成双作对的很多。空袭警报一响,男的就在新校舍的路边等着,有时还提着一袋点心吃食,宝珠梨、花生米……他等的女同学来了,"嗨!"于是欣然并肩走出新校舍的后门。跑警报说不上是同生死,共患难,但隐隐约约有那么一点危险感,和看电影、遛翠湖时不同。这一点危险感使两方的关系更加亲近了。女同学乐于有人伺候,男同学也正好殷勤照顾,表现一点骑士风度。正如孙悟空在高老庄所说:"一来医得眼好,二来又照顾了郎中,这是凑四合六的买卖。"从这点来说,跑警报是颇为罗漫蒂克的。有恋爱,就有三角,有失恋。跑警报的"对儿"并非总是固定的,有时一方被另一方"甩"了,两人"吹"了,"对儿"就要重新组合。写(姑且叫做"写"吧)那副对联的,大概就是一位被"甩"的男同学。不过,也不一定。

警报时间有时很长,长达两三个小时,也很"腻歪"。紧急警报后,日本飞机轰炸已毕,人们就轻松下来。不一会,"解除警报"响了:汽笛拉长音,大家就起身拍拍尘土,络绎不绝地返回市里。也有时不等解除警报,很多人就往回走:天上起了乌云,要下雨了。一下雨,日本飞机不会来。在野地里被雨淋湿,可不是事!一有雨,我们有一个同学一定是一马当先往回奔,就是前面所说那位报告预行警报的姓侯的。他奔回新校舍,到各个宿舍搜罗了很多雨伞,放在新校舍的后门外,见有女同学来,就递过一把。他怕这些女同学挨淋。这位侯同学长得五大三粗,却有一副贾宝玉的心肠。大概是上了吴雨僧先生的《红楼梦》的课,受了影响。侯兄送伞,已成定例。警报下雨,一次不落。名闻全校,贵在有恒。——这些伞,等雨住后他还会到南院女生宿舍去敛回来,再归还原主的。

跑警报,大都要把一点值钱的东西带在身边。最方便的是金子,——金戒指。有一位哲学系的研究生曾经作了这样的逻辑推理:有人带金子,必有人会丢掉金子,有人丢金子,就会有人捡到金子,我是人,故我可以捡到金子。因此,他跑警报时,特别是解除警报以后,他每次都很留心地巡视路面。他当真两次捡到过金戒指!逻辑推理有此妙用,大概是教逻辑学的金岳霖先生所未料到的。

联大师生跑警报时没有什么可带,因为身无长物,一般大都是带两本书或一册论文的草稿。有一位研究印度哲学的金先生每次跑警报总要提了一只很小的手提箱。箱子里不是什么别的东西,是一个女朋友写给他的信——情书。他把这些情书视如性命,有时也会拿出一两封来给别人看。没有什么不能看的,因为没有卿卿我我的肉麻的话,只是一个聪明女人对生活的感受,文字很俏皮,充满了英国式的机智,是一些很漂亮的 Essay,字也很秀气。这些信实在是可以拿来出版的。金先生辛辛苦苦地保存了多年,现在大概也不知去向了,可惜。我看过这个女人的照片,人长得就像她写的那些信。

联大同学也有不跑警报的,据我所知,就有两人。一个是女同学,姓罗。一有警报,她就洗头。别人都走了,锅炉房的热水没人用,她可以敞开来洗,要多少水有多少水!另一个是一位广东同学,姓郑。他爱吃莲子。一有警报,他就用一个大漱口缸到锅炉火口上去煮莲子。警报解除了,他的莲子也烂了。有一次日本飞机炸了联大,昆中北院、南院,都落了炸弹,这位郑老兄听着炸弹乒乒乓乓在不远的地方爆炸,依然在新校舍大图书馆旁的锅炉上神色不动地搅和他的冰糖莲子。

　　抗战期间,昆明有过多少次警报,日本飞机来过多少次,无法统计。自然也死了一些人,毁了一些房屋。就我的记忆,大东门外,有一次日本飞机机枪扫射,田地里死的人较多。大西门外小树林里曾炸死了好几匹驮木柴的马。此外似无较大伤亡。警报、轰炸,并没有使人产生血肉横飞,一片焦土的印象。

　　日本人派飞机来轰炸昆明,其实没有什么实际的军事意义,用意不过是吓唬吓唬昆明人,施加威胁,使人产生恐惧。他们不知道中国人的心理是有很大的弹性的,不那么容易被吓得魂不附体。我们这个民族,长期以来,生于忧患,已经很"皮实"了,对于任何猝然而来的灾难,都用一种"儒道互补"的精神对待之。这种"儒道互补"的真髓,即"不在乎"。这种"不在乎"精神,是永远征不服的。

为了反映"不在乎",作《跑警报》。

一九八四年十二月六日

星斗其文　赤子其人

——怀念沈从文老师

沈从文逝世后,傅汉斯、张充和从美国电传来一副挽辞。字是晋人小楷,一看就知道是张充和写的。词想必也是她拟的。只有四句:

不折不从　亦慈亦让

星斗其文　赤子其人

这是嵌字格,但是非常贴切,把沈先生的一生概括得很全面。这位四妹对三姐夫沈二哥真是非常了解。——荒芜同志编了一本《我所认识的沈从文》,写得最好的一篇,我以为也应该是张充和写的《三姐夫沈二哥》。

沈先生的血管里有少数民族的血液。他在填履历表时,"民族"一栏里填土家族或苗族都可以,可以由他自由选择。湘西有少数民族血统的人大都有一股蛮劲,狠劲,做什么都要做出一个名堂。黄永玉就是这样的人。沈先生瘦瘦小小(晚年发胖了),但是有用不完的精力。他小时是个顽童,爱游泳(他叫"游水")。进城后好像就不游了。三姐(师母张兆和)很想看他游一次泳,但是没有看到。我当然更没有看到过。他少年当兵,飘泊转徙,很少连续几晚睡在同一张床上。吃的东西,最好的不过是切成四方的大块猪肉(煮在豆芽菜汤里),行军、拉船,锻炼出一副极富耐力的体魄。二十岁冒冒失失地闯到北平来,举目无亲。连标点符号都不会用,就想用手中一支笔打出一个天下。经常为弄不到一点东西"消化消化"而发愁。冬天屋里生不起火,用被子围起来,还是不停地写。我一九四六年到上海,因为找不到职业,情绪很坏,他写信把我大骂了一顿,说:"为了一时的困难,就这样哭哭啼啼的,甚至想到要自杀,真是没出息!你手中有一支笔,怕什么!"他在信里说了一些他刚到北京时的情形,同时又叫三姐从苏州写了一封很长的信安慰我。他真的用一支笔打出了一个天下了。一个只读过小学的人,竟成了一个大作家,而且积累了那么多的学问,真是一个奇迹。

沈先生很爱用一个别人不常用的词:"耐烦"。他说自己不是天才(他应当算是个天才),只是耐烦。他对别人的称赞,也常说"要算耐烦"。看见儿子小虎搞机床设计时,说"要算耐烦"。看见孙女小红做作业时,也说"要算耐烦"。他的"耐烦",意思就是锲而不舍,不怕费劲。一个时期,沈先生每个月都要发表几篇小说,每年都要出几本书,被称为"多产作家"。但他写东西不是很快的,从来不是一挥而就。他年轻时常常日以继夜地写。他常流鼻血。血液凝聚力差,一流起来不易止住,很怕人。有时夜间写作,竟致晕倒,伏在自己的一摊鼻血里,第二天才被人发现。我就亲眼看到过他的带有鼻血痕迹的手稿。他后来还常流鼻血,不过不那么厉害了。他自己知道,并不惊慌。他的作品看起来很轻松自如,若不经意,但都是苦心刻琢出来的。《边城》一共不到七万字,他告诉我,写了半年。他这篇小说是《国闻周报》上连载的,每期一章。小说共二十一章,21×7 = 147,我算了算,差不多正是半年。这篇东西是他新婚之后写的,那时他住在达子营。巴金住在他那里。他们每天写。巴老在屋里写,沈先生搬个小桌子,在院子里树荫下写。巴老写了一个长篇,沈先生写了《边城》。他称他的小说为"习作",并不完全是谦虚。有些小说是为了教创作课给学生示范而写的,因此试验了各种方法。为了教学生写对话,有的小说通篇都用对话组成,如《若墨医生》;有的,一句对话也没有。《月下小景》确是为了履行许给张家小五的诺言"写故事给你看"而写的。同时,当然是为了试验一下"讲故事"的方法(这一组"故事"明显地看得出受了《十日谈》和《一千零一夜》的影响)。同时,也为了试验一下把六朝译经和口语结合的文体。这种试验,后来形成一种他自己说是"文白夹杂"的独特的沈从文体,在四十年代的文字(如《烛虚》)中尤为成熟。他的亲戚,语言学家周有光曾说"你的语言是古英语",甚至是拉丁文。沈先生讲创作,不大爱说"结构",他说是"组织"。我也比较喜欢"组织"这个词。"结构"过于理智,"组织"更带感情,较多作者的主观。他曾把一篇小说一条一条地裁开,用不同方法组织,看看哪一种形式更为合适。沈先生爱改自己的文章。他的原稿,一改再改,天头地头页边,都是修改的字迹,蜘蛛网似的,这里牵出一条,那里牵出一条。作品发表了,改。成书了,改。看到自己的文章,总要改。有时改了多次,反而不如原来的,以至三姐后来不许他改了(三姐是沈先生文集的一个极其细心,极其认真的义务责任编辑)。沈先生的作品写得最快,最顺畅,改得最少的,只有一本《从文自传》。这本自传没有经过冥思苦想,只用了三个星期,一气呵成。他不大用稿纸写作。在昆明写东西,是用毛笔写在当地出产的竹纸上的,自己摺出印子。他也用钢笔,蘸水钢笔。他抓钢笔的手势有点像抓毛笔(这一点可以证明他不是洋学堂出身)。《长河》就是用钢笔写的,写在一个硬面的练习簿上,直行,两面写。他的原稿的字很清楚,不潦草,但写的是行书。不熟悉他的字体的排字工人是会感到困难的。他晚年写信写文章爱用秃笔淡墨。用秃笔写那样小的字,不但清楚,而且顿挫有致,真是一个功夫。

他很爱他的家乡。他的《湘西》、《湘行散记》和许多篇小说可以作证。他不止一次和我谈起棉花坡,谈起枫树坳,——一到秋天满城落了枫树的红叶。一说起来,不胜神往。黄永玉画过一张凤凰沈家门外的小巷,屋顶墙壁颇零乱,有大朵大朵的红花——不知是不是夹竹桃,画面颜色很浓,水气泱泱。沈先生很喜欢这张画,说:"就是这样!"八十岁那年,他和三姐一同回了一次凤凰,领着她看了他小说中所写的各处,都还没有大变样。家乡人闻知沈从文回来了,简直不知怎样招待才好。他说:"他们为我捉了一只锦鸡!"锦鸡毛羽很好看。他很爱那只锦鸡,还抱着它照了一张相,后来知道竟作了他的盘中餐,对三姐说"真煞风景!"他在家乡听了傩戏,这是一种古调犹存的很老的弋阳腔,打鼓的是一位七十多岁的老人,他对年轻人打鼓失去旧范很不以为然。沈先生听了,说:"这是楚声,楚声!"他动情地听着"楚声",泪流满面。沈先生八十岁生日,我曾写了一首诗送他,开头两句是:

犹及回乡听楚声,
此身虽在总堪惊。

端木蕻良看到这首诗,认为"犹及"二字很好。我写下来的时候就有点觉得这不大吉利,没想到沈先生再也不能回家乡听一次了! 他的家乡每年有人来看他,沈先生非常亲切地和他们谈话,一坐半天。每有同乡人来了,原来在座的朋友或学生就只有退避在一边,听他们谈话。沈先生很好客,朋友很多。老一辈的有林宰平、徐志摩。沈先生提及他们时充满感情。没有他们的提挈,沈先生也许就会当了警察,或者在马路旁边"瘪了"。我认识他后,他经常来往的有杨振声、张奚若、金岳霖、朱光潜诸先生,梁思成林徽音夫妇。他们的交往真是君子之交,既无朋党色彩,也无酒食征逐。清茶一杯,闲谈片刻。杨先生有一次托沈先生带信,让我到南锣鼓巷他的住处去,我以为有什么事。去了,只是他亲自给我煮一杯咖啡,让我看一本他收藏的姚茫父的册页。这册页的芯子只有火柴盒那样大,横的,是山水,用极富金石味的墨线勾轮廓,设极重的青绿,真是妙品。杨先生对待我这个初露头角的学生如此,则其接待沈先生的情形可知。杨先生和沈先生夫妇曾在颐和园住过一个时期,想来也不过是清晨或黄昏到后山谐趣园一带走走,看看湖里的金丝莲,或写出一张得意的字来,互相欣赏欣赏,其余时间各自在屋里读书做事,如此而已。沈先生对青年的帮助真是不遗余力。他曾经自己出钱为一个诗人出了第一本诗集。一九四七年,诗人柯原的父亲故去,家中拉了一笔债,沈先生提出卖字来帮助他。《益世报》登出了沈从文卖字的启事,买字的可定出规格,而将价款直接寄给诗人。柯原一九八〇年去看沈先生,沈先生才记起有这回事。他对学生的作品细心修改,寄给相熟的报刊,尽量争取发表。他这辈子为学生寄稿的邮费,加起来是一个相当可观的数字。抗战时期,通货膨胀,邮费也不断涨,往往寄一封信,信封正面反面都得贴满邮票。为了省一点邮费,沈先生总是把稿纸的天头地头页边都裁去,只留一个稿芯,这样分量轻一点。我在昆明写的稿子,几乎无一篇不是他寄出去的。一九四六年,郑振铎、李健吾先生在上海创办《文艺复兴》，沈先生把我的《小学校的钟声》和《复仇》寄去。这两篇稿子写出已经有几年，当时无地方可发表。稿子是用毛笔楷书写在学生作文的绿格本上的，郑先生收到，发现稿纸上已经叫蠹虫蛀了好些洞，使他大为激动。沈先生对我这个学生是很喜欢的。为了躲避日本飞机空袭，他们全家有一阵住在呈贡新街后迁跑马山桃源新村。沈先生有课时进城住两三天。他进城时，我都去看他。交稿子，看他收藏的宝贝，借书。沈先生的书是为了自己看，也为了借给别人看的。"借书一痴，还书一痴"，借书的痴子不少，还书的痴子可不多。有些书借出去一去无踪。有一次，晚上，我喝得烂醉，坐在路边，沈先生到一处演讲回来，以为是一个难民，生了病，走近看看，是我！他和两个同学把我扶到他住处，灌了好些酽茶，我才醒过来。有一回我去看他，牙疼，腮帮子肿得老高。沈先生开了门，一看，一句话没说，出去买了几个大橘子抱着回来了。沈先生的家庭是我见到的最好的家庭，随时都在亲切和谐气氛中，两个儿子，小龙小虎，兄弟怡怡。他们都很高尚清白，无丝毫庸俗习气，无一句粗鄙言语，——他们都很幽默，但幽默得很温雅。一家人于钱上都看得很淡。《沈从文文集》的稿费寄到，九千多元,大概开过家庭会议,又从存款中取出几百元,凑成一万,寄到家乡办学。沈先生也有生气的时候,也有极度烦恼痛苦的时候,在昆明,在北京,我都见到过,但多数时候都是笑眯眯的。他总是用一种善意的、含情的微笑,来看这个世界的一切。到了晚年,喜欢放声大笑,笑得合不拢嘴,且摆动双手作势,真像一个孩子。只有看破一切人事乘除,得失荣辱全置度外,心地明净无渣滓的人,才能这样畅快地大笑。

　　沈先生五十年代后放下写小说散文的笔(偶然还写一点,笔下仍极活泼,如写纪念陈翔鹤文章,实写得极好),改业钻研文物,而且钻出了很大的名堂,不少中国人、外国人都很奇怪。实不奇怪。沈先生很早就对历史文物有很大兴趣。他写的关于展子虔游春图的文章,我以为是一篇重要文章,从人物服装颜色式样考订图画的年代和真伪,是别的鉴赏家所未注意的方法。他关于书法的文章,特别是对宋四家的看法,很有见地。在昆明,我陪他去遛街,总要看看市招,到裱画店看看字画。昆明市政府对面有一堵大照壁,写满了一壁字(内容已不记得,大概不外是总理遗训),字有七八寸见方大,用二爨掺一点北魏造象题记笔意,白墙蓝字,是一位无名书家写的,写得实在好。我们每次经过,都要去看看。昆明碰碰撞撞都可见到黑漆金字抱柱楹联上钱南园的四方大颜字,也还值得一看。沈先生到北京后即喜欢搜集瓷器。有一个时期,他家用的餐具都是很名贵的旧瓷器,只是不配套,因为是一件一件买回来的。他一度专门搜集青花瓷。买到手,过一阵就送人。西南联大好几位助教、研究生结婚时都收到沈先生送的雍正青花的茶杯或酒杯。沈先生对陶瓷赏鉴极精,一眼就知是什么朝代的。一个朋友送我一个梨皮色釉的粗瓷盒子,我拿去给他看,他说:"元朝东西,民间窑!"有一阵搜集旧纸,大都是乾隆以前的。多是染过色的、瓷青的、豆绿的、水红的,触手细腻到像煮熟的鸡蛋白外的薄皮,真是美极了。至于茧纸、高丽发笺,那是凡品了。(他搜集旧纸,但自己舍不得用来写字,晚年写字用糊窗户的高丽纸,他说:"我的字值三分钱"。)在昆明,搜集了一阵耿马漆盒。这种漆盒昆明的地摊上很容易买到,且不贵。沈先生搜集器物的原则是"人弃我取"。其实这种竹胎的,涂红黑两色漆,刮出极繁复而奇异的花纹的圆盒是很美的。装点心,装花生米,装邮票杂物均合适,放在桌上也是个摆设。这种漆盒也都陆续送人了。客人来,坐一阵,临走时大都能带走一个漆盒。有一阵研究中国丝绸,弄到许多大藏经的封面,各种颜色都有:宝蓝的、茶褐的、肉色的;花纹也是各式各样。沈先生后来写了一本《中国丝绸图案》。有一阵研究刺绣。除了衣服、裙子,弄了好多扇套、眼镜盒、香袋。不知他是从哪里"寻摸"来的。这些绣品的针法真是多种多样。我只记得有一种绣法叫"打子",是用一个一个丝线疙瘩缀出来的。他给我看一种绣品,叫"七色晕",用七种颜色的绒绣成一个团花,看了真叫人发晕。他搜集、研究这些东西,不是为了消遣,是从中发现,证实中国历史文化的优越这个角度出发的,研究时充满感情。我在他八十岁生日写给他的诗里有一联:

> 玩物从来非丧志,
> 著书老去为抒情。

这全是纪实。沈先生提及某种文物时常是赞叹不已。马王堆那副不到一两重的纱衣,他不知说了多少次。刺绣用的金线原来是盲人用一把刀,全凭手感,就金箔上切割出来的。他说起时非常感动。有一个木俑(大概是楚俑)一尺多高,衣服非常特别:上衣的一半(连同袖子)是黑色,一半是红的;下裳正好相反,一半是红的,一半是黑的。沈先生说:"这真是现代派!"如果照这样式(一点不用修改)做一件时装,拿到巴黎去,由一个长身细腰的模特儿穿起来,到表演台上转那么一转,准能把全巴黎都"镇"了!他平生搜集的文物,在他生前全都分别捐给了几个博物馆、工艺美术院校和工艺美术工厂,连收条都不要一个。

沈先生自奉甚薄。穿衣服从不讲究。他在《湘行散记》里说他穿了一件细毛料的长衫,这件长衫我可没见过。我见他时总是一件洗得褪了色的蓝布长衫,夹着一摞书,匆匆忙忙地走。解放后是蓝卡其布或涤卡的干部服,黑灯芯绒的"懒汉鞋"。有一年做了一件皮大衣(我记得是从房东手里买得的一件旧皮袍改制的,灰色粗线呢面),他穿在身上,说是很暖和,高兴得像一个孩子。吃得很清淡。我没见他下过一次馆子。在昆明,我到文林街20号他的宿舍去看他,到吃饭时总是到对面米线铺吃一碗一角三分钱的米线。有时加一个西红柿,打一个鸡蛋,超不过两角五分。三姐是会做菜的,会做八宝糯米鸭,炖在一个大砂锅里。但不常做。他们住在中老胡同时,有时张充和骑自行车到前门月盛斋买一包烧羊肉回来,就算加了菜了。在小羊宜宾胡同时,常吃的不外是炒四川的菜头,炒茨菰。沈先生爱吃茨菰,说"这个好,比土豆'格'高"。他在《自传》里说他很会炖狗肉,我在昆明,在北京都没见他炖过一次。有一次他到他的助手王亚蓉家去,先来看看我(王亚蓉住在我们家马路对面,——他七十多了,血压高到二百多,还常为了一点研究资料上的小事到处跑),我让他过一会来吃饭。他带来一卷画,是古代马戏图的摹本,实在是很精彩。他非常得意地问我的女儿:"精彩吧?"那天我给他做了一只烧羊腿,一条鱼。他回家一再向三姐称道:"真好吃。"他经常吃的荤菜,是:猪头肉。

他的丧事十分简单。他凡事不喜张扬,最反对搞个人的纪念活动,反对"办生做寿"。他生前屡次嘱咐家人,他死后,不开追悼会,不举行遗体告别。但火化之前,总要有一点仪式。新华社消息的标题是沈从文告别亲友和读者,是合适的,只通知少数亲友。——有一些景仰他的人是未接通知自己去的。不收花圈,只有约二十多个布满鲜花的花篮,很大的白色的百合花、康乃馨、菊花、菖兰。参加仪式的人也不戴纸制的白花,但每人发给一枝半开的月季,行礼后放在遗体边。不放哀乐,放沈先生生前喜爱的音乐,如贝多芬的"悲怆"奏鸣曲等。沈先生面色如生,很安详地躺着。我走近他身边,看着他,久久不能离开。这样一个人,就这样地去了。我看他一眼,又看一眼,我哭了。

沈先生家有一盆虎耳草,种在一个椭圆形的小小钧窑盆里。很多人不认识这种草。这就是《边城》里翠翠在梦里采摘的那种草,沈先生喜欢的草。

一九八八年五月二十六日

多年父子成兄弟

这是我父亲的一句名言。

父亲是个绝顶聪明的人。他是画家,会刻图章,画写意花卉。图章初宗浙派,中年后治汉印。他会摆弄各种乐器,弹琵琶,拉胡琴,笙箫管笛,无一不通。他认为乐器中最难的其实是胡琴,看起来简单,只有两根弦,但是变化很多,两手都要有功夫。他拉的是老派胡琴,弓子硬,松香滴得很厚——现在拉胡琴的松香都只滴了薄薄的一层。他的胡琴音色刚亮。胡琴码子都是他自己刻的,他认为买来的不中使。他养蟋蟀,养金铃子。他养过花。他养的一盆素心兰在我母亲病故那年死了,从此他就不再养花。我母亲死后,他亲手给她做了几箱子冥衣——我们那里有烧冥衣的风俗。按照母亲生前的喜好,选购了各种花素色纸作衣料,单夹皮棉,四时不缺。他做的皮衣能分得出小麦穗羊羔、灰鼠、狐肷。

父亲是个很随和的人,我很少见他发过脾气,对待子女,从无疾言厉色。他爱孩子,喜欢孩子,爱跟孩子玩,带着孩子玩。我的姑妈称他为"孩子头"。春天,不到清明,他领一群孩子到麦田里放风筝。放的是他自己糊的蜈蚣(我们那里叫"百脚"),是用染了色的绢糊的。放风筝的线是胡琴的老弦。老弦结实而轻,这样风筝可笔直的飞上去,没有"肚儿"。用胡琴弦放风筝,我还未见过第二人。清明节前,小麦还没有"起身",是不怕践踏的,而且越踏会越长得旺。孩子们在屋里闷了一冬天,在春天的田野里奔跑跳跃,身心都极其畅快。他用钻石刀把玻璃裁成不同形状的小块,再一块一块逗拢,接缝处用胶水粘牢,做成小桥、小亭子、八角玲珑水晶球。桥、亭、球是中空的,里面养了金铃子。从外面可以看到金铃子在里面自在爬行,振翅鸣叫。他会做各种灯。用浅绿透明的"鱼鳞纸"扎了一只纺织娘,栩栩如生。用西洋红染了色,上深下浅,通草做花瓣,做了一个重瓣荷花灯,真是美极了。用小西瓜(这是拉秧的小瓜,因其小,不中吃,叫做"打瓜"或"笃瓜")上开小口挖净瓜瓤,在瓜皮上雕镂出极细的花纹,做成西瓜灯。我们在这些灯里点了蜡烛,穿街过巷,邻居的孩子都跟过来看,非常羡慕。

父亲对我的学业是关心的,但不强求。我小时了了,国文成绩一直是全班第一。我的作文,时得佳评,他就拿出去到处给人看。我的数学不好,他也不责怪,只要能及格,就行了。他画画,我小时也喜欢画画,但他从不指点我。他画画时,我在旁边看。其余时间由我自己乱翻画谱,瞎抹。我对写意花卉那时还不太会欣赏,只是画一些鲜艳的大桃子,或者我从来没有见过的瀑布。我小时字写得不错,他倒是给我出过一点主意。在我写过一阵"圭峰碑"和"多宝塔"以后,他建议我写"张猛龙"。这建议是很好的,到现在我写的字还有"张猛龙"的影响。我初中时爱唱戏,唱青衣,我的嗓子很好,高亮甜润。在家里,他拉胡琴,我唱。我的同学有几个能唱戏的。学校开同乐会,他应我的邀请,到学校去伴奏。几个同学都只是清唱。有一个姓费的同学借到一顶纱帽,一件蓝官衣,扮起来唱《朱砂井》,但是没有配角,没有衙役,没有犯人,只是一个赵廉,摇着马鞭在台上走了两圈,唱了一段"郿坞县在马上心神不定",便完事下场。父亲那么大的人陪着几个孩子玩了一下午,还挺高兴。我十七岁初恋,暑假里,在家写情书,他在一旁瞎出主意!我十几岁就学会了抽烟喝酒。他喝酒,给我也倒一杯。抽烟,一次抽出两根,他一根,我一根。他还总是先给我点上火。我们的这种关系,他人或以为怪。父亲说:"我们是多年父子成兄弟。"

我和儿子的关系也是不错的。我戴了"右派分子"的帽子下放张家口农村劳动,他那时还从幼儿园刚毕业,刚刚学会汉语拼音,用汉语拼音给我写了第一封信。我也只好赶紧学会汉语拼音,好给他写回信。"文化大革命"期间,我被打成"黑帮",关进"牛棚"。偶尔回家,孩子们对我还是很亲热。我的老伴告诫他们"你们要和爸爸'划清界限'",儿子反问母亲:"那你怎么还给他打酒?"只有一件事,两代之间,曾有分歧。他下放山西忻县"插队落户"。按规定,春节可以回京探亲,我们等着他回来。不料他同时带回了一个同学。他的这个同学的父亲是一位正受林彪迫害,搞得人囚家破的空军将领。这个同学在北京已经没有家,按照大队的规定是不能回北京的,但是这孩子很想回北京,在一伙同学的秘密帮助下,我的儿子就偷偷地把他带回来了。他连"临时户口"也不能上,是个"黑人",我们留他在家住,等于"窝藏"了他。公安局随时可以来查户口,街道办事处的大妈也可能举报。当时人人自危,自顾不暇,儿子惹了这么一个麻烦,使我们非常为难。我和老伴把他叫到我们的卧室,对他的冒失行为表示很不满。我责备他:"怎么事前也不和我们商量一下!"我的儿子哭了,哭得很委屈,很伤心。我们当时立刻明白了:他是对的,我们是错的。我们这种怕担干系的思想是庸俗的,我们对儿子和同学之间义气缺乏理解,对他的感情不够尊重。他的同学在我们家一直住了四十多天,才离去。

对儿子的几次恋爱,我采取的态度是"闻而不问"。了解,但不干涉。我们相信他自己的选择,他的决定。最后,他悄悄和一个小学时期女同学好上了,结了婚。有了一个女儿,已近七岁。

我的孩子有时叫我"爸",有时叫我"老头子!"连我的孙女也跟着叫。我的亲家母说这孩子"没大没小"。我觉得一个现代的、充满人情味的家庭,首先必须做到"没大没小"。父母叫人敬畏,儿女"笔管条直",最没有意思。

儿女是属于他们自己的。他们的现在,和他们的未来,都应由他们自己来设计。一个想用自己理想的模式塑造自己的孩子的父亲是愚蠢的,而且,可恶! 另外,作为一个父亲,应该尽量保持一点童心。

一九九〇年九月一日

葡萄月令

一月,下大雪。

雪静静地下着。果园一片白。听不到一点声音。

葡萄睡在铺着白雪的窖里。

二月里刮春风。

立春后,要刮四十八天"摆条风"。风摆动树的枝条,树醒了,忙忙地把汁液送到全身。树枝软了。树绿了。

雪化了,土地是黑的。

黑色的土地里,长出了茵陈蒿。碧绿。

葡萄出窖。

把葡萄窖一锹一锹挖开。挖下的土,堆在四面。葡萄藤露出来了,乌黑的。有的梢头已经绽开了芽苞,吐出指甲大的苍白的小叶。它已经等不及了。

把葡萄藤拉出来,放在松松的湿土上。

不大一会,小叶就变了颜色,叶边发红;——又不大一会,绿了。

三月,葡萄上架。

先得备料。把立柱、横梁、小棍,槐木的、柳木的、杨木的、桦木的,按照树棵大小,分别堆放在旁边。立柱有汤碗口粗的、饭碗口粗的、茶杯口粗的。一棵大葡萄得用八根,十根,乃至十二根立柱。中等的,六根、四根。

先刨坑,竖柱。然后搭横梁,用粗铁丝拢紧。然后搭小棍,用细铁丝缚住。

然后,请葡萄上架。把在土里趴了一冬的老藤扛起来,得费一点劲。大的,得四五个人一起来。"起!——起!"哎,它起来了。把它放在葡萄架上,把枝条向三面伸开,像五个指头一样地伸开,扇面似的伸开。然后,用麻筋在小棍上固定住。葡萄藤舒舒展展,凉凉快快地在上面呆着。

上了架,就施肥。在葡萄根的后面,距主干一尺,挖一道半月形的沟,把大粪倒在里面。葡萄上大粪,不用稀释,就这样把原汁大粪倒下去。大棵的,得三四桶。小葡萄,一桶也就够了。

四月,浇水。

挖窖挖出的土,堆在四面,筑成垄,就成一个池子。池里放满了水。葡萄园里水气泱泱,沁人心肺。

葡萄喝起水来是惊人的。它真是在喝哎!葡萄藤的组织跟别的果树不一样,它里面是一根一根细小的导管。这一点,中国的古人早就发现了。《图经》云:"根苗中空相通。圃人将货之,欲得厚利,暮溉其根,而晨朝水浸子中矣,故俗呼其苗为木通。""暮溉其根,而晨朝水浸子中矣",是不对的。葡萄成熟了,就不能再浇水了。再浇,果粒就会涨破。"中空相通"却是很准确的。浇了水,不大一会,它就从根直吸到梢,简直是小孩喂奶似的拼命往上嘬。浇过了水,你再回来看看吧:梢头切断过的破口,就嗒嗒地往下滴水了。

是一种什么力量使葡萄拼命地往上吸水呢?

施了肥,浇了水,葡萄就使劲抽条、长叶子。真快!原来是几根根枯藤,几天工夫,就变成青枝绿叶的一大片。

五月,浇水、喷药、打梢、掐须。

葡萄一年不知道要喝多少水,别的果树都不这样。别的果树都是刨一个"树碗",往里浇几担水就得了,没有像它这样的:"漫灌",整池子的喝。

喷波尔多液。从抽条长叶,一直到坐果成熟,不知道要喷多少次。喷了波尔多液,太阳一晒,葡萄叶子就都变成蓝的了。

葡萄抽条,丝毫不知节制,它简直是瞎长!几天工夫,就抽出好长的一节的新条。这样长法还行呀,还结不结果呀?因此,过几天就得给它打一次条。葡萄打条,也用不着什么技巧,是个人就能干,拿起树剪,劈劈啪啪,把新抽出来的一截都给它铰了就得了。一铰,一地的长着新叶的条。

葡萄的卷须,在它还是野生的时候是有用的,好攀附在别的什么树木上。现在,已经有人给它好好地固定在架上了,就一点用也没有了。卷须这东西最耗养分——凡是作物,都是优先把养分输送到顶端,因此,长出来就给它掐了,长出来就给它掐了。

葡萄的卷须有一点淡淡的甜味。这东西如果腌成咸菜,大概不难吃。

五月中下旬,果树开花了。果园,美极了。梨树开花了,苹果树开花了,葡萄也开花了。

都说梨花像雪,其实苹果花才像雪。雪是厚重的,不是透明的。梨花像什么呢?——梨花的瓣子是月亮做的。

有人说葡萄不开花,哪能呢!只是葡萄花很小,颜色淡黄微绿,不钻进葡萄架是看不出的。而且它开花期很短。很快,就结出了绿豆大的葡萄粒。

六月,浇水、喷药、打条、掐须。

葡萄粒长了一点了,一颗一颗,像绿玻璃料做的纽子。硬的。

葡萄不招虫。葡萄会生病,所以要经常喷波尔多液。但是它不像桃,桃有桃食心虫;梨,梨有梨食心虫。葡萄不用疏虫果。——果园每年疏虫果是要费很多工的。虫果没有用,黑黑的一个半干的球,可是它耗养分呀!所以,要把它"疏"掉。

七月,葡萄"膨大"了。

掐须、打条、喷药,大大地浇一次水。

追一次肥。追硫铵。在原来施粪肥的沟里撒上硫铵。然后,就把沟填平了,把硫铵封在里面。

汉朝是不会追这次肥的,汉朝没有硫铵。

八月,葡萄"着色"。

你别以为我这里是把画家的术语借用来了。不是的。这是果农的语言,他们就叫"着色"。

下过大雨,你来看看葡萄园吧,那叫好看!白的像白玛瑙,红的像红宝石,紫的像紫水晶,黑的像黑玉。一串一串,饱满、瓷实、挺括,璀璨琳琅。你就把《说文解字》里的玉字偏旁的字都搬了来吧,那也不够用呀!

可是你得快来!明天,对不起,你全看不到了。我们要喷波尔多液了。一喷波尔多液,它们的晶莹鲜艳全都没有了,它们蒙上一层蓝纷纷、白糊糊的东西,成了磨砂玻璃。我们不得不这样干。葡萄是吃的,不是看的。我们得保护它。

过不两天,就下葡萄了。

一串一串剪下来,把病果、瘪果去掉,妥妥地放在果筐里。果筐满了,盖上盖,要一个棒小伙子跳上去蹦两下用麻筋缝的筐盖。——新下的果子,不怕压,它很结实,压不坏。倒怕是装不紧,咣里咣当的。那,来回一晃悠,全得烂!

葡萄装上车,走了。

去吧,葡萄,让人们吃去吧!

九月的果园像一个生过孩子的少妇,宁静、幸福,而慵懒。

我们还给葡萄喷一次波尔多液。哦,下了果子,就不管了? 人,总不能这样无情无义吧。

十月,我们有别的农活。我们要去割稻子。葡萄,你愿意怎么长,就怎么长着吧。

十一月。葡萄下架。

把葡萄架拆下来。检查一下,还能再用的,搁在一边。糟朽了的,只好烧火。立柱、横梁、小棍,分别堆垛起来。

剪葡萄条。干脆得很,除了老条,一概剪光。葡萄又成了一个大秃子。

剪下的葡萄条,挑有三个芽眼的,剪成二尺多长的一截,捆起来,放在屋里,准备明春插条。

其余的,连枝带叶,都用竹笤帚扫成一堆,装走了。

葡萄园光秃秃。

十一月下旬,十二月上旬,葡萄入窖。

这是个重活。把老本放倒,挖土把它埋起来。要埋得很厚实。外面要用铁锹拍平。这个活不能马虎。

都要经过验收,才给记工。

葡萄窖,一个一个长方形的土墩墩。一行一行,整整齐齐地排列着。风一吹,土色发了白。

这真是一年的冬景了。热热闹闹的果园,现在什么颜色都没有了。眼界空阔,一览无余,只剩下发白的黄土。

下雪了。我们踏着碎玻璃碴似的雪,检查葡萄窖,扛着铁锹。

一到冬天,要检查几次。不是怕别的,怕老鼠打了洞。葡萄窖里很暖和,老鼠爱往这里面钻。它倒是暖和了,咱们的葡萄可就受了冷啦!

韭菜花

五代杨凝式是由唐代的颜柳欧褚到宋四家苏黄米蔡之间的一个过渡人物。我很喜欢他的字。尤其是《韭花帖》。不但字写得好,文章也极有风致。文不长,录如下:

> 昼寝乍兴,朝饥正甚,忽蒙简翰,猥赐盘飧。当一叶报秋之初,乃韭花逞味之始。助其肥羜(zhù 音柱),实谓珍羞。充腹之余,铭肌载切。谨修状陈谢,伏维鉴察,谨状。

> 七月十一日　凝式状

使我兴奋的是:

一、韭花见于法帖,此为第一次,也许是惟一的一次。此帖即以"韭花"名,且文字完整,全篇可读,读之如今人语,至为亲切。我读书少,觉韭花见之于"文学作品",这也是头一回。韭菜花这样的虽说极平常,但极有味的东西,是应该出现在文学作品里的。

二、杨凝式是梁、唐、晋、汉、周五朝元老,官至太子太保,是个"高干",但是收到朋友赠送的一点韭菜花,却是那样的感激,正儿八经地写了一封信(杨凝式多作草书,黄山谷说:"谁知洛阳杨风子,下笔便到乌丝阑",《韭花帖》却是行楷),这使我们想到这位太保在口味上和老百姓的距离不大。彼时亲友之间的馈赠,也不过是韭菜花这样的东西。今天,恐怕是不行的了。

三、这韭菜花不知道是怎样做成的,是清炒的,还是腌制的?但是看起来是配着羊肉一起吃的。"助其肥羜","羜"是出生五个月的小羊,杨凝式所吃的未必真是五个月的羊羔子,只是因为《诗·小雅·伐木》有"既有肥羜"的成句,就借用了吧。但是以韭花与羊肉同食,却是可以肯定的。北京现在吃涮羊肉,缺不了韭菜花,或以为这办法来自蒙古或西域回族,原来中国五代时已经有了。杨凝式是陕西人,以韭菜花蘸羊肉吃,盖始于中国西北诸省。

北京的韭菜花是腌了后磨碎了的,带汁。除了是吃涮羊肉必不可少的调料外,就这样单独地当咸菜吃也是可以的,熬一锅虾米皮大白菜,佐以一碟韭菜花,或臭豆腐,或卤虾酱,就着窝头、贴饼子,在北京的小家户,就是一顿不错的饭食。从前在科班里学戏,给饭吃,但没有菜。韭菜花、青椒糊、酱油,拿开水在大木桶里一沏,这就是菜。韭菜花很便宜,拿一只空碗,到油盐店去,三分钱、五分钱,售货员就能拿铁勺子舀给你多半勺。现在都改成用玻璃瓶装,不卖零,一瓶要一块多钱,很贵了。

过去有钱的人有自己腌韭菜花,以韭花和沙果、京白梨一同治为碎齑,那就很讲究了。

云南的韭菜花和北方的不一样。昆明韭菜花和曲靖韭菜花不同。昆明韭菜花是用酱腌的,加了很多辣子。曲靖韭菜花是白色的,乃以韭花和切得极细的、风干了的苤蓝丝同腌成,很香,味道不很咸而有一股说不出来淡淡的甜味。曲靖韭菜花装在一个浅白色的茶叶筒似的陶罐里。凡到曲靖的,都要带几罐送人。我常以为曲靖韭菜花是中国咸菜里的"神品"。

我的家乡是不懂得把韭菜花腌了来吃的,只是在韭花还是骨朵儿,尚未开放时,连同掐得动的嫩薹,切为寸段,加瘦猪肉,炒了吃,这是"时菜",过了那几天,菜薹老了,就没法吃了。做虾饼,以爆炒的韭菜骨朵儿衬底,美不可言。

五 味

山西人真能吃醋！几个山西人在北京下饭馆，坐定之后，还没有点菜，先把醋瓶子拿过来，每人喝了三调羹醋。邻座的客人直瞪眼。有一年我到太原去，快过春节了。别处过春节，都供应一点好酒，太原的油盐店却都贴出一个条子："供应老陈醋，每户一斤。"这在山西人是大事。

山西人还爱吃酸菜，雁北尤甚。什么都拿来酸，除了萝卜白菜，还包括杨树叶子，榆树钱儿。有人来给姑娘说亲，当妈的先问，那家有几口酸菜缸。酸菜缸多，说明家底子厚。

辽宁人爱吃酸菜白肉火锅。

北京人吃羊肉酸菜汤下杂面。

福建人、广西人爱吃酸笋。我和贾平凹在南宁，不爱吃招待所的饭，到外面瞎吃。平凹一进门，就叫："老友面！""老友面"煮酸笋肉丝氽汤下面也，不知道为什么叫做"老友"。

傣族人也爱吃酸。酸笋炖鸡是名菜。

延庆山里夏天爱吃酸饭。把好好的饭焐酸了,用井拔凉水一和,呼呼地就下去了三碗。

都说苏州菜甜,其实苏州菜只是淡,真正甜的是无锡。无锡炒鳝糊放那么多糖!包子的肉馅里也放很多糖,没法吃!

四川夹沙肉用大片肥猪肉夹了洗沙蒸,广西芋头扣肉用大片肥猪肉夹芋泥蒸,都极甜,很好吃,但我最多只能吃两片。

广东人爱吃甜食。昆明金碧路有一家广东人开的甜食店,卖芝麻糊、绿豆沙,广东同学趋之若鹜。"番薯糖水"即用白薯切块熬的汤,这有什么好喝的呢?广东同学曰:"好也!"

北方人不是不爱吃甜,只是过去糖难得。我家曾有老保姆,正定乡下人,六十多岁了。她还有个婆婆,八十几了。她有一次要回乡探亲,临行称了二斤白糖,说她的婆婆就爱喝个白糖水。

北京人很保守,过去不知苦瓜为何物,近年有人学会吃了。菜农也有种的了。农贸市场上有很好的苦瓜卖,属于"细菜",价颇昂。

北京人过去不吃蕹菜,不吃木耳菜,近年也有人爱吃了。

北京人在口味上开放了!

北京人过去就知道吃大白菜。由此可见,大白菜主义是可以被打倒的。

北方人初春吃苣荬菜。苣荬菜分甜荬、苦荬,苦荬相当的苦。

有一个贵州的年轻女演员在我们剧团学戏,她的妈妈远迢迢给她寄来一包东西,是"者耳根",或名"则尔根",即鱼腥草。她让我尝了几根。这是什么东西?苦倒不要紧,有一股强烈的生鱼腥味,实在招架不了!

剧团有一干部,是写字幕的,有时也管杂务。此人是个吃辣的专家。他每天中午饭不吃菜,吃辣椒下饭。全国各地的、少数民族的、各种辣椒,他都千方百计地弄来吃。剧团到上海演出,他帮助搞伙食,这下好,不会缺辣椒吃。原以为上海辣椒不好买,他下车第二天就找到一家专卖各种辣椒的铺子。上海人有一些是能吃辣的。

我的吃辣是在昆明练出来的,曾跟几个贵州同学在一起用青辣椒在火上烧烧,蘸盐水下酒。平生所吃辣椒亦多矣,什么朝天椒、野山椒,都不在话下。我吃过最辣的辣椒是在越南。1946年,由越南转道往上海,在海防街头吃牛肉粉。牛肉极嫩,汤极鲜,辣椒极辣。一碗汤粉,放三四丝辣椒就辣得不行。这种辣椒的颜色是橘黄色的。在川北,听说有一种辣椒,本身不能吃,用一根线吊在灶上,汤做得了,把辣椒在汤里涮涮,就辣得不得了。云南佤佤族有一种辣椒,叫"涮涮辣",与川北吊在灶上的辣椒大概不相上下。

四川可说是最能吃辣的省份。川菜的特点是辣而且麻,——搁很多花椒。四川的小面馆的墙壁上黑漆大书三个字:麻辣烫。麻婆豆腐,干煸牛肉丝、棒棒鸡,不放花椒不行。花椒得是川椒,捣碎,菜做好了,最后再放。

周作人说他的家乡整年吃咸极了的咸菜和咸极了的咸鱼。浙东人确是吃得很咸。有个同学,是台州人,到铺子里吃包子,掰开包子就往里倒酱油。口味的咸淡和地域是有关系的。北京人说南甜北咸东辣西酸,大体不错。河北、东北人口重,福建菜多很淡。但这与个人的性格习惯也有关。湖北菜并不咸,但闻一多先生却嫌云南蒙自的菜太淡。

中国人过去对吃盐很讲究,如桃花盐、水晶盐、"吴盐胜雪",现在则全国都吃再制精盐。只有四川人腌咸菜还用自流井的井盐。

我不知世上还有什么国家的人爱吃臭。

过去上海、南京、汉口都卖油炸臭豆腐干。长沙火宫殿的臭豆腐因为一个大人物年轻时常吃而出了名。这位大人物后来还去吃过,说了一句话:"火宫殿的臭豆腐还是好吃。""文化大革命"中火宫殿的影壁上就出现了两行大字:

> 最高指示:
> 火宫殿的臭豆腐还是好吃。

我们一个同志到南京出差,他的爱人是南京人,嘱咐他带一点臭豆腐干回来。他千方百计,居然办到了。带在火车上,引起一车厢的人强烈抗议。

除豆腐干外,面筋、百叶(千张)亦可臭。蔬菜里的莴苣、冬瓜、豇豆皆可臭。冬笋的老根咬不动,切下来随手就扔进臭坛子里。——我们那里很多人家都有个臭坛子,一坛子"臭卤"。腌芥菜挤下的汁放几天即成"臭卤"。臭物中最特殊的是臭苋菜秆。苋菜长老了,主茎可粗如拇指,高三四尺。截成二寸许小段,入臭坛。臭熟后,外皮是硬的,里面的芯成果冻状。噙住一夹,一吸,芯肉即入口中。这是佐粥的无上妙品。我们那里叫做"苋菜秸子",湖南人谓之"苋菜咕",因为吸起来"咕"的一声。

北京人说的臭豆腐指臭豆腐乳。过去是小贩沿街叫卖的:

"臭豆腐,酱豆腐,王致和的臭豆腐。"臭豆腐就贴饼子,熬一锅虾米皮白菜汤,好饭!现在王致和的臭豆腐用很大的玻璃方瓶装,很不方便,一瓶一百块,得很长时间才能吃完,而且卖得很贵,成了奢侈品。

我在美国吃过最臭的"气死"(干酪),洋人多闻之掩鼻,对我说起来实在没有什么,比臭豆腐差远了。

甚矣,中国人口味之杂也,敢说堪为世界之冠。

城隍·土地·灶王爷

城隍,《辞海》"城隍"条云:"护城河",引班固《两都赋序》:"京师修宫室,浚城隍,起苑囿,以备制度。"既说是浚,当有水。但同书"隍"字条又注云:"没有水的护城壕。"到底是有水没有水? 姑且不去管它,反正,城隍后来已经成为神。说是守护城池的神也可以,更准确一点,应说是坐镇一方之神。据《辞海》,最早见于记载的为芜湖城隍,建于三国吴赤乌二年。北齐慕容俨在郢城建城隍神祠一所。唐代以来郡县皆祭城隍。后唐清泰元年封城隍为王。宋以后祀城隍习俗更为普遍。明太祖洪武三年正式规定各府州县的城隍神,并加以祭祀。为什么历代这样重视城隍,以至朱元璋于立国之初就为此特别下了一个红头文件?

乾隆十七年,郑板桥在知潍县事任内曾修葺过潍县的城隍庙,撰过一篇《城隍庙碑记》。我曾见过拓本。字是郑板桥自己写的,写得很好,虽仍有"六分半书"笔意,但是是楷书,很工整,不似"乱石铺阶"那样

狂气十足。这篇碑文实在是绝妙文章:

> ……故仰而视之,苍然者天也;俯而临之,块然者地也。其中之耳目口鼻手足而能言,衣冠揖让而能礼者,人也。岂有苍然之天而又耳目口鼻而人者哉?自周公以来,称为上帝,而俗世又呼为玉皇。于是耳目口鼻手足冕旒执玉而人之;而又写之以金,范之以土,刻之以木,琢之以玉;而又从之以妙龄之官,陪之以武毅之将。天下后世,遂哀哀然从而人之,俨在其上,俨在其左右矣。至如府州县邑皆各有城,如环无端,齿齿啮啮者是也;城之外有隍,抱城而流,而汤汤汩汩者是也。又何必乌纱袍笏而人之乎?而四海之大,九州之众,莫不以人祀之;而又予之以祸福之权,授之以死生之柄;而又两廊森肃,陪以十殿之王;而又有刀花、剑树、铜蛇、铁狗、黑风、蒸铏以俱之。而人亦哀哀然从而惧之矣。非惟人惧之,吾亦惧之。每至殿庭之后,寝宫之前,其窗阴阴,其风吸吸,吾亦毛发竖栗,状如有鬼者,乃知古帝王神道设教信不虚也。……

这是一篇写得曲曲折折的无神论。城,城也;隍,河也,"又何必乌纱袍笏而人之乎?"这已经说得很清楚。然而大家都"以人祀之;而又予之以祸福之权,授之以死生之柄","予之"、"授之",很可玩味。神本无权,唯人授之,这种"神权人授"的思想很有进步意义。谁授予神这样的权柄呢?下文自明。不但授之以权,而且把城隍庙搞得那样恐怖,人亦哀哀然从而惧之。"非惟人惧之,吾亦惧之"矣,这句话说得很幽默。郑板桥是真的害怕了吗?城隍庙总是阴森森的,"吾亦毛发竖栗,状如有鬼者",郑板桥是真觉得有鬼么?答案在下面:"乃知古帝王神道设教不虚也。"郑板桥对古帝王的用心是一清二楚的。但是郑板桥并未正面揭穿(这怎么可能呢),而且潍县的城隍庙是在他的倡议下,谋于士绅而葺新的,这真是最大的幽默!我们对于明清之后的名士的思想和行事,总要于其曲曲折折处去寻绎。不这样,他们就无法生存。我一向觉得板桥的思想很通达,不图其通达有如此。

我们县里的城隍庙的历史是颇久的,有两棵粗可合抱的白果(银杏)树为证。庙相当大,两进大殿,前殿和后殿。前殿面南坐着城隍老爷,也称城隍菩萨,——这与佛教的"菩提萨埵"无关,中国的老百姓是把一切的神都可称为菩萨的,叫"老爷"时多。发亮的油白大脸,长眉细目,五绺胡须。大红缎地平金蟒袍。按说他只是县团级,但是派头却比县知事大得多,县官怎么能穿蟒呢。而且封了爵,而且爵位甚高,"敕封灵应侯"。如此僭越,实在很怪。他的职权是管生死和祸福。人死之后,即须先到城隍那里挂一个号。京剧《琼林宴》范仲禹的唱词云:"在城隍庙内挂了号,在土地祠内领了回文"。城隍庙正殿上有几块匾,除了"威灵显赫"之类外,有一块白话文的特大的匾,写的是"你也来了"。我们二伯母(我是过继给她的)病重,她的母亲(我应该叫她外婆)有一天半夜里把我叫起来,把我带到城隍庙去。我迷迷糊糊地去了。干什么? 去"借寿",即求城隍老爷把我的寿借几年(好像是十年)给二伯母。半夜里到城隍庙里去,黑咕咙咚的,真有点怕人。我那时还小,借几年就借几年吧,无所谓,而且觉得这是应该的。到城隍老爷那里去借寿,我想这是古已有之的习俗,不是我的外婆首创,因为所有仪注好像都有成规。不过借寿并不成功,我的二伯母过了两天还是死了。

我们那里的城隍庙有一个特别处,即后殿还有一个神像,也是五绺长须,但穿章没有城隍那样阔气。这位神也许是城隍的副手。他的名称很奇怪,叫"老戴"。城隍和老戴之间好像有个什么故事的,我忘了。

正殿前的两廊塑着各种酷刑行刑时的景象,即板桥碑记中所说的"刀花、剑树……"。我们那里的城隍庙所塑的是上刀山、下油锅、锯人、磨人等等,一共七十二种酷刑,谓之"七十二司",这"司"是阴司的意思。七十二司分为十个相通连的单间,左廊右廊各五间。每一间有一个阎王,即板桥所说的"十王"。阎王是"王",应该是"南面而王",坐在正面。《聊斋·陆判》所说的十王殿的十王大概是坐在正面的,但多数的十王都是屈居在两廊,变成了陪客,甚至是下属了。我们县里的城隍庙、泰山庙都是这样。中国诸神的品级官阶也乱得很。十王中我只记得一个秦广王,其余的,对不起,全忘了。《玉历宝钞》上好像有十王的全部称号,且各有像(虽然都长得差不多),不难查到的。

城隍庙正殿的对面,照例有一座戏台。郑板桥碑记云:"岂有神而好戏者乎?是又不然。《曹娥碑》云:'盱能抚节安歌,婆娑乐神',则歌舞迎神,古人已累有之矣。诗云:'琴瑟击鼓,以迓田祖',夫田果有祖,田祖果爱琴瑟,谁则闻之?不过因人心之报称,以致其重叠爱媚于尔大神尔。今城隍既以人道祀之,何必不以歌舞之事娱之哉!"郑板桥这里说得有点不够准确。

歌舞最初是乐神的，因为他是神，才以歌舞乐之，这是"神道"，并不是因为以人道祀之，才以歌舞之事娱之。到了后来，戏才是演给人看的，但还是假借了乐神的名义。很多地方的戏台都在庙里，都是"神台"。我们县城隍庙的戏台是演戏的重要场地，我小时看的许多戏都是站在戏台与正殿之间的砖地上看的。看的都是"大戏"，即京剧。但有一次在这个戏台上也演过梅花歌舞团那样的歌舞，这种节目演给城隍老爷看，颇为滑稽。

每年七月半，城隍要出巡，即把城隍的大驾用八抬大轿抬出来，在城里的主要街道上游一游。城隍出巡，前面是有许多文艺表演节目的，叫做"会"，许多地方叫"赛会"，"出会"，我们那里叫"迎会"。参与迎会的，谓之"走会"。我乡迎会的情形，我在小说《故里三陈·陈四》中有较详细的描述，不赘。各地赛会，节目有同有异，高跷、旱船，南北皆有。北京的"中幡"、"五虎棍"，我们那里没有。我们那里的"站高肩"，北方没有。

城隍的姓名大都无可稽考，但也有有案可查的。张岱《西湖梦寻·城隍庙》载："吴山城隍庙，宋以前在皇山，旧名永固，绍兴九年徙建于此。宋初，封其神，姓孙名本。永乐时封其神为周新。"周新本是监察御史，弹劾敢言，被永乐杀了。"一日上见绯而立者，叱之，问为谁，对曰：'臣新也，上帝谓臣刚直，使臣城隍浙江，为陛下治奸贪吏。'言已不见，遂封新为浙江都城隍。"这当然只是传说，永乐帝不会白日见鬼。但这记载说明一个问题，即城隍由上帝任命后，还得由人间的皇帝加封，否则大概是无效的。"都城隍"之名他书未见。周新是个省级城隍，比州、府、县的城隍要大，相当于一个巡抚了。都城隍不是各省都有。

《聊斋志异》以《考城隍》为全书第一篇，评书者都以为有深意焉，我看这只是寓言，寄托蒲松龄认为所有的官都应该考一考的愤慨耳。他说这是"予姊夫之祖宋公讳焘"的事情，宋焘亦未必有其人。

土地即社神。《风俗编·神鬼》："凡今社神，俱呼土地。"其所管的地面是不大的，大体相当于明清的坊——凡土地都称为"当坊土地"，解放前的一个保。我家所住的一条街上，街的中段和东段即有两座土地祠。《聊斋·王六郎》后为招远县邬镇土地，管一个镇，也差不多。到了乡下，则随便哪个田头，都可立一个土地庙。《王六郎》是一篇写得很美的小说，文长，不具引。土地本也应是有名有姓的,但人都不知道。王六郎只名王六郎,那倒是因为他本没有名字,只是姓王,叫人"相见可呼王六郎"。他当了土地,仍叫王六郎么?这不免有失官体。有一位土地的名字倒是为人所知的,是北京国子监的土地,此人非别,乃韩愈也!韩愈当过国子祭酒,与国子监有点老关系,但让他当国子监的土地爷,实在有点不大像话。我曾看过国子监的土地祠,比一架自鸣钟大不了多少。

河北农村有俗话:"别拿土地爷不当神仙!"事实上人们对土地爷是不大尊重的。土地祠(或亦称庙)很简陋,香火冷落,乡下给土地爷上供的只是一块豆腐。《西游记》孙悟空到了一处,遇到妖怪,不知是什么来头,便把土地召来,二话不说,叫土地老儿先把孤拐伸出来教老孙打五百棍解闷。孙悟空对土地的态度实即是吴承恩对土地的态度,也是老百姓对土地的态度:不当一回事。因为,他是最小的神,或神里最小的官。

我们县别有都土地,那可不一样了。都土地祠亦称都天庙,连庙所在的那条巷子也叫都天庙巷。都天庙和城隍庙不能相比,小得多,但也有殿有庑。殿上坐着都土地,比城隍小一号,亦红蟒亦面长圆而白亮,无五绺须。我的家乡把长圆而肥白的脸叫做"都天脸",此专指女人的面相,男人这样的脸很少,不知道为什么没有人说"城隍脸"。都土地管辖地界大致相当于一个区。他的封爵次于城隍一等,是"灵显伯"。父老相传,我所住在的北城的都土地是张巡。张巡怎么会跑到我的家乡来当一个区长级的都土地呢?这里既不是他的家乡(河南南阳),又不是他战死的地方(河南睢阳)?说北城都土地是张巡,根据的是什么?有这样一个在安史之乱时和安禄山打仗,城破而死的有名的忠臣当都土地,我们那一区的居民是觉得很光荣的。都土地也不是每个区都有。

土地城隍属于一个系统,他们的关系是上下级,如表:

土地→都土地→城隍→都城隍

都城隍的上面是什么呢?没有了,好像是一直通到玉皇大帝。土地的下面呢?也没有了,因为土地祠里并未塑有衙役皂隶。他们是上下级,是不是要布置任务,汇报工作?也许要的,但是咱们不知道。

祭灶的起源盖甚早。

《史记·孝武本纪》:"是时而李少君亦以祠灶、谷道、却老方见上,上尊之。"《索隐》:"如淳云:'祠灶可以致福。'案:礼灶者,老妇之祭,盛于盆,尊于瓶。"这最初本是"老妇之祭"。晋代宗懔《荆楚岁时记》:"按礼器,灶者老妇之祭,'尊于瓶,盛于盆',言以瓶为樽,用盆盛馔也",意思是拿瓶子当酒樽,用盆盛食物。老妇大概没钱,用不起正儿八经的器皿,只好这样马马虎虎,因陋就简。

祭灶本是求福,是很朴素的愿望,到了方士的手里,就变得神乎其神起来。《史记·孝武本纪》:"少君言于上曰:'祠灶则致物,致物而丹沙可化为黄金,黄金成以为饮食器则益寿,益寿而海中蓬莱仙者可见,见之以封禅则不死,黄帝是也。"从祠灶到不死,绕了这样大一个圈子,汉代的方士真能胡说八道!而汉武帝偏偏就相信这种胡说八道!

祭灶的礼俗一直相沿不替。唐、五代的材料我没有来得及查,宋代则讲风俗的书几乎没有一本不提到祭灶的。

《东京梦华录》:"十二月……二十四日交年,都人至夜请僧道看经,备酒果送神,烧合家替代钱纸,帖灶马于灶上,以酒糟涂抹灶门,谓之'醉司命'。"

《梦粱录》:"十二月……二十四日,不以穷富,皆备蔬食饧豆祀灶。"

《武林旧事》:"……二十四日,谓之'交年',祀灶用花饧米饵,及烧替代及作糖豆粥,谓之'口数'。"

祭灶的祭品不拘,但有一样东西是必有的:饧。饧是古糖字,指用麦芽或谷芽熬成的糖,熬干了,就成了关东糖。我们那里就叫做"灶糖"。为什么要请灶王爷吃关东糖?《抱朴子·微旨》:"月晦之夜,灶神亦上天白人罪状。"原来灶王爷既是每一家的守护神,又是玉皇大帝的情报员,——一个告密者。人在家里,不是在公开场合,总难免说点错话,办点错事,灶王爷一天到晚窃听监视,这受得了吗!人于是想出一个高招,塞他一嘴关东糖,叫他把牙粘住,使他张不开嘴,说不出人的坏话。不过灶王爷二十三或二十四上天,到除夕才回来,在天上要呆一个星期,在玉皇大帝面前一句话也不说,玉皇大帝不觉得奇怪么?

以酒糟涂抹灶门,其用意与祭之以饧同,让他醉未咕咚的,他还能打小报告么?

灶王爷上天,是骑马去的。《东京梦华录》云:"帖灶马于灶上。"我们那里是用红纸折一个小孩子折手工的纸马,祭毕烧掉。折纸马照例是我们一个堂姐的事。这实在有点儿戏。

我们那里的孩子捉蜻蜓,红蜻蜓是不捉的,说这是灶王爷的马。灶王爷骑了这样的马——蜻蜓,上天?

把灶王爷送上天,谓之"送灶"。送灶的日期各地不一样。我们那里一般人家是腊月二十四。俗话说:"君(或军)三,民四,龟五。"按规定,娼妓家送灶应是二十五,不过妓女都不遵守。二十五送灶,这不等于告诉别人:我们家是妓女?北京送灶,则都在二十三。

到除夕,把灶王爷接回来,或谓之"迎灶",我们那里叫做"接灶"。

谁参加祭灶?各地,甚至各家不一样。有的人家只许男的参加,女的不参加;有的人家则只有女的跪拜,男人不参与;我们家则男女都拜,先由男的拜,后由女的拜。我觉得应该由女的祭拜合适。女人一天围着锅台转,与灶王爷关系密切,而且,这本是"老妇之祭",不关老爷们的事!

灶王爷是什么长相?《庄子·达生》:"灶有髻",司马彪注:"髻,灶神,著赤衣,状如美女。"我见过木刻彩印的灶王像,面孔略圆,有二三十根稀稀疏疏的胡子,并不像美女,倒像个有福气的老封翁。我们家灶王龛里则只贴了一张长方的红纸,上写"东厨司命定福灶君"。

　　灶王爷姓什么，叫什么？《荆楚岁时记》说他"姓苏名吉利"。不单他，连他老婆都有名字："妇姓王名抟颊"。但我曾看过一个华北的民间故事，说他名叫张三，因为做了见不得人的事，钻进了灶膛里，弄得一脸乌七抹黑，于是成了灶王。北京俗曲亦云："灶王爷本姓张"。他到底叫什么？吁，鬼神之事，难言之矣。

　　城隍、土地、灶君是和中国人民大众生活关系最密切的神。

　　这些神是"古帝王"造出来的神话，是谣言，目的是统一老百姓的思想，是"神道设教"。

　　老百姓也需要这样的神。这些神的意象一旦为老百姓所掌握，就会变成一种自觉的、宗教性的、固执的力量。没有这些神，他们就会失去伦理道德的标准、是非善恶的尺度，失去心理平衡，遑遑然不可终日。我们县的城隍，在北伐的时候曾由以一个姓黄的党部委员为首的一帮热血青年用粗绳拉倒，劈成碎片。这触怒了城乡的许多道婆子。我们县有很多的道婆子，她们没有任何文化，只会念一句"南无阿弥陀佛"，是神就拜，念"南无阿弥陀佛"，不管这神是什么教的神。不管哪个庙的香期,她们都去,一坐一大片,叫做"坐经"。她们的凝聚力很大,心很齐。她们听说城隍老爷被毁了,"哈!这还行!"她们一人拿了一炷香,要把姓黄的党部委员的家烧掉。黄某事先听到消息,越墙逃走,躲藏了好多天。这帮道婆子捐钱募化,硬是重新造了一个城隍老爷,和原来的一样。她们的道理很简单:"怎么可以没有城隍老爷!"

愚昧是一种伟大的力量。

大多数人对城隍、土地、灶王爷的态度是"诚惶诚恐,不胜屏营待命之至",但是也有人不是这样,有的时候不是这样。很多地方戏的"三小戏"都有《打城隍》、《打灶王》,和城隍老爷、灶王爷开了点小小玩笑,使他们不能老是那样俨乎其然,那样严肃。送灶时给灶王喂点关东糖,实在表现了整个民族的幽默感。

也许正是这点幽默感,使我们这个民族不至被信仰的铁板封死。

一九九〇年十二月八日

胡同文化

——摄影艺术集《胡同之没》序

北京城像一块大豆腐,四方四正。城里有大街,有胡同。大街、胡同都是正南正北,正东正西。北京人的方位意识极强。过去拉洋车的,逢转弯处都高叫一声"东去!""西去!"以防碰着行人。老两口睡觉,老太太嫌老头子挤着她了,说"你往南边去一点"。这是外地少有的。街道如是斜的,就特别标明是斜街,如烟袋斜街、杨梅竹斜街。大街、胡同,把北京切成一个又一个方块。这种方正不但影响了北京人的生活,也影响了北京人的思想。

胡同原是蒙古语,据说原意是水井,未知确否。胡同的取名,有各种来源。有的是计数的,如东单三条、东四十条。有的原是皇家储存物件的地方,如皮库胡同、惜薪司胡同(存放柴炭的地方)。有的是这条胡同里曾住过一个有名的人物,如无量大人胡同、石老娘(老娘是接生婆)胡同。大雅宝胡同原名大哑巴胡同,大概胡同里曾住过一个哑巴。王皮胡同是因为有一个姓王的皮匠。王广福胡同原名王寡妇胡同。有的是某种行业集中的地方。手帕胡同大概是卖手帕的。羊肉胡同当初想必是卖羊肉的。有的胡同是像其形状的。高义伯胡同原名狗尾巴胡同。小羊宜宾胡同原名羊尾巴胡同。大概是因为这两条胡同的样子有点像羊尾巴、狗尾巴。有些胡同则不知道何所取义,如大绿纱帽胡同。

胡同有的很宽阔,如东总布胡同、铁狮子胡同。这些胡同两边大都是"宅门",到现在房屋还挺整齐。有些胡同很小,如耳朵眼胡同。北京到底有多少胡同?北京人说:有名的胡同三千六,没名的胡同数不清。通常提起"胡同",多指的是小胡同。

胡同是贯通大街的网络。它距离闹市很近,打个酱油,约二斤鸡蛋什么的,很方便,但又似很远。这里没有车水马龙,总是安安静静的。偶尔有剃头挑子的"唤头"(像一个大镊子,用铁棒从当中擦过,便发出"嗡"的一声)、磨剪子磨刀的"惊闺"(十几个铁片穿成一串,摇动作声)、算命的盲人(现在早没有了)吹的短笛的声音。这些声音不但不显得喧闹,倒显得胡同里更加安静了。

胡同和四合院是一体,胡同两边是若干四合院连接起来的。胡同、四合院,是北京市民的居住方式,也是北京市民的文化形态。我们通常说北京的市民文化,就是指的胡同文化。胡同文化是北京文化的重要组成部分,即使不是最主要的部分。

胡同文化是一种封闭的文化。住在胡同里的居民大都安土重迁,不大愿意搬家。有在一个胡同里一住住几十年的,甚至有住了几辈子的。胡同里的房屋大都很旧了,"地根儿"房子就不太好,旧房檩,断砖墙。下雨天常是外面大下,屋里小下。一到下大雨,总可以听到房塌的声音,那是胡同里的房子。但是他们舍不得"挪窝儿"——"破家值万贯"。

四合院是一个盒子。北京人理想的住家是"独门独院"。北京人也很讲究"处街坊"。"远亲不如近邻"。"街坊里道"的,谁家有点事,婚丧嫁娶,都得"随"一点"份子",道个喜或道个恼,不这样就不合"礼数"。但是平常日子,过往不多,除了有的街坊是棋友,"杀"一盘;有的是酒友,到"大酒缸"(过去山西人开的酒铺,都没有桌子,在酒缸上放一块规成圆形的厚板以代酒桌)喝两"个"(大酒缸二两一杯,叫做"一个");或是鸟友,不约而同,各晃着鸟笼,到天坛城根、玉渊潭去"会鸟"(会鸟是把鸟笼挂在一处,既可让鸟互相学叫,也互相比赛),此外,"各人自扫门前雪,休管他人瓦上霜"。

北京人易于满足,他们对生活的物质要求不高。有窝头,就知足了。大腌萝卜,就不错。小酱萝卜,那还有什么说的。臭豆腐滴几滴香油,可以待姑奶奶。虾米皮熬白菜,嘿!我认识一个在国子监当过差,伺候过陆润庠、王瓘等祭酒的老人,他说:"哪儿也比不了北京,北京的熬白菜也比别处好吃——五味神在北京。"五味神是什么神?我至今考察不出来。但是北京人的大白菜文化却是可以理解的。北京人每个人一辈子吃的大白菜摞起来大概有北海白塔那么高。

北京人爱瞧热闹,但是不爱管闲事。他们总是置身事外,冷眼旁观。北京是民主运动的策源地,"民国"以来,常有学生运动。北京人管学生运动叫做"闹学生"。学生示威游行,叫做"过学生"。与他们无关。

北京胡同文化的精义是"忍"。安分守己,逆来顺受。老舍《茶馆》里的王利发说:"我当了一辈子的顺民",是大部分北京市民的心态。

我的小说《八月骄阳》里写到"文化大革命",有这样一段对话:

"还有个章法没有?我可是当了一辈子安善良民,从来奉公守法。这会儿,全乱了。我这眼面前就跟'下黄土'似的,简直的,分不清东西南北了。"

"您多余操这份儿心。粮店还卖不卖棒子面?"

"卖!"

"还是的。有棒子面就行。……"

我们楼里有个小伙子,为一点儿事,打了开电梯的小姑娘一个嘴巴。我们都很生气,怎么可以打一个女孩子呢!我跟两个上了岁数的老北京(他们是"搬迁户",原来是住在胡同里的)说,大家应该主持正义,让小伙子当众向小姑娘认错。这二位同声说:"叫他认错?门儿也没有!忍着吧!——'穷忍着,富耐着,睡不着眯着'!""睡不着眯着"这话实在太精彩了!睡不着,别烦躁,别起急,眯着!北京人,真有你的!

北京的胡同在衰败、没落。除了少数"宅门"还在那里挺着,大部分民居的房屋都已经很残破,有的地基柱础甚至已经下沉,只有多半截还露在地面上。有些四合院门外还保存着已失原形的拴马桩、上马石,记录着失去的荣华。有打不上水来的井眼、磨圆了棱角的石头棋盘,供人凭吊。西风残照,衰草离披,满目荒凉,毫无生气。

看看这些胡同的照片,不禁使人产生怀旧情绪,甚至有些伤感。但是这是无可奈何的事。在商品经济大潮的席卷之下,胡同和胡同文化总有一天会消失的。也许像西安的虾蟆陵、南京的乌衣巷,还会保留一两个名目,使人怅望低徊。

再见吧,胡同。

自得其乐

孙犁同志说写作是他的最好的休息。是这样。一个人在写作的时候是最充实的时候,也是最快乐的时候。凝眸既久(我在构思一篇作品时,我的孩子都说我在翻白眼),欣然命笔,人在一种甜美的兴奋和平时没有的敏锐之中,这样的时候,真是虽南面王不与易也。写成之后,觉得不错,提刀却立,四顾踌躇,对自己说:"你小子还真有两下子!"此乐非局外人所能想象。但是一个人不能从早写到晚,那样就成了一架写作机器,总得岔乎岔乎,找点事情消遣消遣,通常说,得有点业余爱好。

我年轻时爱唱戏。起初唱青衣,梅派;后来改唱余派老生。大学三四年级唱了一阵昆曲,吹了一阵笛子。后来到剧团工作,就不再唱戏吹笛子了,因为剧团有许多专业名角,在他们面前吹唱,真成了班门弄斧,还是以藏拙为好。笛子本来还可以吹吹,我的笛风甚好,是"满口笛",但是后来没法再吹,因为我的牙齿陆续掉光了,撒风漏气。

这些年来我的业余爱好,只有:写写字、画画画、做做菜。

我的字照说是有些基本功的。当然从描红模子开始。我记得我描的红模子是:"暮春三月,江南草长,雜花生樹,群鶯亂飛。"这十六个字其实是很难写的,也许是写红模子的先生故意用这些结体复杂的字来折磨小孩子,而且红模子底子是欧字,这就更难落笔了。不过这也有好处,可以让孩子略窥笔意,知道字是不可以乱写的。大概在我十一二岁的时候,那年暑假,我的祖父忽然高了兴,要亲自教我《论语》,并日课大字一张,小字二十行。大字写《圭峰碑》、小字写《闲邪公家传》,这两本帖都是祖父从他的藏帖中选出来的。祖父认为我的字有点才分,奖了我一块猪肝紫端砚,是圆的,并且拿了几本初拓的字帖给我,让我常看看。我记得有小字《麻姑仙坛》、虞世南的《夫子庙堂碑》、褚遂良的《圣教序》。小学毕业的暑假,我在三姑父家从一个姓韦的先生读桐城派古文,并跟他学写字。韦先生是写魏碑的,但他让我临的却是《多宝塔》。初一暑假,我父亲拿了一本影印的《张猛龙碑》,说:"你最好写写魏碑,这样字才有骨力。"我于是写了相当长时期

《张猛龙》。用的是我父亲选购来的特殊的纸。这种纸是用稻草做的,纸质较粗,也厚,写魏碑很合适,用笔须沉着,不能浮滑。这种纸一张有二尺高,尺半宽,我每天写满一张。写《张猛龙》使我终身受益,到现在我的字的间架用笔还能看出痕迹。这以后,我没有认真临过帖,平常只是读帖而已。我于二王书未窥门径。写过一个很短时期的《乐毅论》,放下了,因为我很懒。《行穰》《丧乱》等帖我很欣赏,但我知道我写不来那样的字。我觉得王大令的字的确比王右军写得好。读颜真卿的《祭侄文》,觉得这才是真正的颜字,并且对颜书从二王来之说很信服。大学时,喜读宋四家。有人说中国书法一坏于颜真卿,二坏于宋四家,这话有道理。但我觉得宋人书是书法的一次解放,宋人字的特点是少拘束,有个性,我比较喜欢蔡京和米芾的字(苏东坡字太俗,黄山谷字做作)。有人说米字不可多看,多看则终身摆脱不开,想要升入晋唐,就不可能了。一点不错。但是有什么办法呢!打一个不太好听的比方,一写米字,犹如寡妇失了身,无法挽回了。我现在写的字有点《张猛龙》的底子、米字的意思,还加上一点乱七八糟的影响,形成我自己的那么一种体,格韵不高。

我也爱看汉碑。临过一遍《张迁碑》,《石门铭》、《西狭颂》看看而已。我不喜欢《曹全碑》。盖汉碑好处全在筋骨开张,意态从容,《曹全碑》则过于整饬了。

我平日写字,多是小条幅,四尺宣纸一裁为四。这样把书桌上书籍信函往边上推推,摊开纸就能写了。正儿八经地拉开案子,铺了画毡,着意写字,好像练了一趟气功,是很累人的。我都是写行书。写真书,太吃力了。偶尔也写对联。曾在大理写了一副对子:

苍山负雪

洱海流云

字大径尺。字少,只能体兼隶篆。那天喝了一点酒,字写得飞扬霸悍,亦是快事。对联字稍多,则可写行书。为武夷山一招待所写过一副对子:

四围山色临窗秀

一夜溪声入梦清

字颇清秀,似明朝人书。

我画画,没有真正的师承。我父亲是个画家,画写意花卉,我小时爱看他画画,看他怎样布局(用指甲或笔杆的一头划几道印子),画花头,定枝梗,布叶,钩筋,收拾,题款,盖印。这样,我对用墨,用水,用色,略有领会。我从小学到初中,都"以画名"。初二的时候,画了一幅墨荷,裱出后挂在成绩展览室里。这大概是我的画第一次上裱。我读的高中重数理化,功课很紧,就不再画画。大学四年,也极少画画。工作之后,更是久废画笔了。当了右派,下放到一个农业科学研究所,结束劳动后,倒画了不少画,主要的"作品"是两套植物图谱、一套《中国马铃薯图谱》、一套《口蘑图谱》,一是淡水彩,一是钢笔画。摘了帽子回京,到剧团写剧本,没有人知道我能画两笔。重拈画笔,是运动促成的。运动中没完没了地写交待,实在是烦人,于是买了一刀元书纸,于写交待之空隙,瞎抹一气,少抒郁闷。这样就一发而不可收,重新拾起旧营生。有的朋友看见,要了去,挂在屋里,被人发现了,于是求画的人渐多。我的画其实没有什么看头,只是因为是作家的画,比较别致而已。

我也是画花卉的。我很喜欢徐青藤、陈白阳,喜欢李复堂,但受他们的影响不大。我的画不中不西,不今不古,真正是"写意",带有很大的随意性。曾画了一幅紫藤,满纸淋漓,水气很足,几乎不辨花形。这幅画现在挂在我的家里。我的一个同乡来,问:"这画画的是什么?"我说是:"骤雨初晴。"他端详了一会,说:

"哎,经你一说,是有点那个意思!"他还能看出彩墨之间的一些小块空白,是阳光。我常把后期印象派方法融入国画。我觉得中国画本来都是印象派,只是我这样做,更是有意识的而已。

画中国画还有一种乐趣,是可以在画上题诗,可寄一时意兴,抒感慨,也可以发一点牢骚,曾用干笔焦墨在浙江皮纸上画冬日菊花,题诗代简,寄给一个老朋友,诗是:

> 新沏清茶饭后烟,
> 自搔短发负晴暄,
> 枝头残菊开还好,
> 留得秋光过小年。

为宗璞画牡丹,只占纸的一角,题曰:

> 人间存一角,
> 聊放侧枝花,
> 欣然亦自得,
> 不共赤城霞。

宗璞把这首诗念给冯友兰先生听了,冯先生说:"诗中有人"。

今年洛阳春寒,牡丹至期不开。张抗抗在洛阳等

了几天,败兴而归,写了一篇散文《牡丹的拒绝》。我给她画了一幅画,红叶绿花,并题一诗:

> 看朱成碧且由他,
> 大道从来直似斜。
> 见说洛阳春索寞,
> 牡丹拒绝著繁花。

我的画,遣兴而已,只能自己玩玩,送人是不够格的。最近请人刻一闲章:"只可自怡悦",用以押角,是实在话。

体力充沛,材料凑手,做几个菜,是很有意思的。做菜,必须自己去买菜。提一菜筐,逛逛菜市,比空着手遛弯儿要"好白相"。到一个新地方,我不爱逛百货商场,却爱逛菜市,菜市更有生活气息一些。买菜的过程,也是构思的过程。想炒一盘雪里蕻冬笋,菜市场冬笋卖完了,却有新到的荷兰豌豆,只好临时"改戏"。做菜,也是一种轻量的运动。洗菜、切菜、炒菜,都得站着(没有人坐着炒菜的),这样对成天伏案的人,可以改换一下身体的姿势,是有好处的。

做菜待客,须看对象。聂华苓和保罗·安格尔夫妇到北京来,中国作协不知是哪一位,忽发奇想,在宴请几次后,让我在家里做几个菜招待他们,说是这样别致一点。我给做了几道菜,其中有一道煮干丝。这是淮扬菜。华苓是湖北人,年轻时是吃过的。但在美国不易吃到。她吃得非常惬意,连最后剩的一点汤都端起碗来喝掉了。不是这道菜如何稀罕,我只是有意逗引她的故国乡情耳。台湾女作家陈怡真(我在美国认识她),到北京来,指名要我给她做一回饭。我给她做了几个菜。一个是干烧小萝卜。我知道台湾没有"杨花萝卜"(只有白萝卜)。那几天正是北京小萝卜长得最足最嫩的时候。这个菜连我自己吃了都很惊诧:味道鲜甜如此!我还给她炒了一盘云南的干巴菌。台湾咋会有干巴菌呢?她吃了,还剩下一点,用一个塑料袋包起,说带到宾馆去吃。如果我给云南人炒一盘干巴菌,给扬州人煮一碗干丝,那就成了鲁迅请曹靖华吃柿霜糖了。

　　做菜要实践。要多吃,多问,多看(看菜谱),多做。一个菜点得试烧几回,才能掌握咸淡火候。冰糖肘子、乳腐肉,何时炟软入味,只有神而明之,但是更重要的是要富于想象。想得到,才能做得出。我曾用家乡拌荠菜法凉拌菠菜。半大菠菜(太老太嫩都不行),入开水锅焯至断生,捞出,去根切碎,入少盐,挤去汁,与香干（北京无香干，以熏干代）细丁、虾米、蒜末、姜末一起，在盘中抟成宝塔状，上桌后淋以麻油酱醋，推倒拌匀。有余姚作家尝后，说是"很像马兰头"。这道菜成了我家待不速之客的应急的保留节目。有一道菜，敢称是我的发明：塞肉回锅油条。油条切段，寸半许长，肉馅剁至成泥，入细葱花、少量榨菜或酱瓜末拌匀，塞入油条段中，入半开油锅重炸。嚼之酥碎，真可声动十里人。

我很欣赏《杨恽报孙会宗书》："田彼南山，芜秽不治。种一顷豆，落而为萁。人生行乐耳，须富贵何时。""人生行乐耳，须富贵何时"，说得何等潇洒。不知道为什么，汉宣帝竟因此把他腰斩了，我一直想不透。这样的话，也不许说么？